你應該知道政府怎麼用錢

搶救國庫

張啓楷　著

目次

支出不當篇

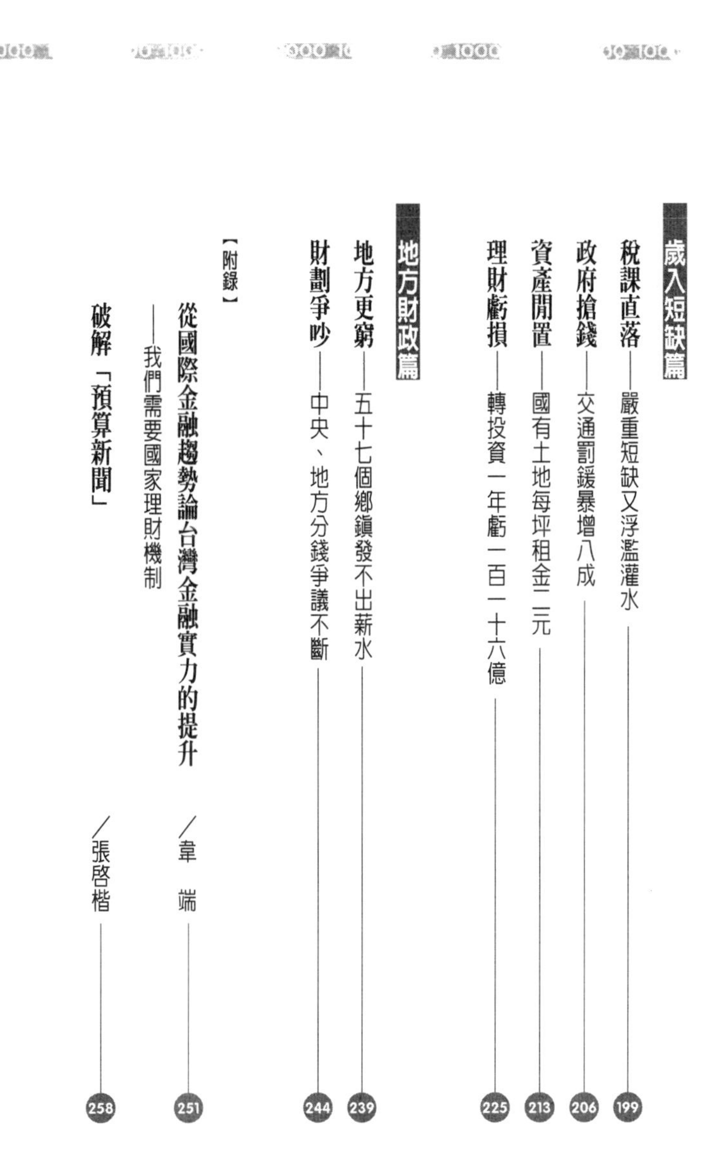

挽救國庫是良心事業

江丙坤
（立法院副院長）

時序進入第二十一世紀、第三個千禧年，世界的性質，也從征服、開創、陽剛，逐漸轉變爲妥協、儉約和陰柔。

以政府財政來說，上一世紀盛行的舉債建設、擴充經濟，如今紛紛改弦易轍，量入爲出。各國政府，不論歐洲、美國都在嚴格控制赤字，許多國家債務餘額不升反降，表示這些國家在預算平衡之後，已有餘力以財政賸餘償還歷年累積的債務。

台灣必須在這個大趨勢之中，走一條財政穩健的路。雖說由奢入儉難，但搶救國庫、平衡預算，確是當前台灣的良心事業。不論政府和民間，都呼應這樣的政策方向。

過去三年，由於景氣不振，歲入不佳，所以中央政府預算是負成長。雖說對景氣無所助益，也是在這樣的經濟狀況下，不得已的作法。但預算緊縮的幅度，比起收入減少的幅度，仍顯得過小，所以赤字倍增，債務餘額也以頗大幅度上升，造成國際評估台灣競爭力時，這些項目都得到倒數第一、第二的成績，拉低了國力。有識之士，深為憂心，因為這是與國際主流趨勢背道而馳的，使得經濟穩健成長與國家長治久安的努力，蒙上了陰影和障礙。

據我在立法院近一年的觀察，立法委員深受全民委託，對國家財政的關切和努力，至為有效與感人。連續四年，立院在審議預算時，都能很明智地決議，將歲入中不合理的超編稅收予以刪減，數額都在八百億元以上。事後證明，刪減得極為正確，因為稅收短徵的數額，遠比所刪減數大。如果沒有立法院這些努力，國庫的壓力，將比目前更大更險。

歲出方面，立院同仁的努力也是有目共睹。在規勸政府審慎用度，儉約花費方面，更是大家著力重點。記憶猶新的是，陳文茜立法委員為清除浪費、浮濫，成立「抓鬼小組」，所研議的題材，成為政府的帖帖良藥。她對健保的關心，為了健保開源節流，而對行政院長所提的「窮人健保十七問」，用心良苦，效果之卓著，長留我心，人民也一定有所同感。

現在，張啓楷先生，一位資深傑出、屢屢得獎的中國時報記者，繼他七年前，以主跑立院新聞八年的經驗，撰寫《國庫潰堤》一書之後，茲又將政府的善意回應，財政一度改善的效果，以及目前的困境，未來開源節流的方向等，予以彙編成書，切符國家社會所需，再次提醒國人居安思危、謹慎財政，其中，間有批判言重之處，亦屬愛深責切，本人十分欽敬。尤以敦請韋端先生撰寫長篇導論，以他曾任行政院主計長多年的資歷，長達二十年的主計崗位經驗，榮獲政府一等功績獎章與一等主計獎章的肯定，使得全書可讀性及實用性，都極爲可觀。故樂於爲之序。

預算指南

沈富雄
（民進黨籍立法委員）

預算，是大多數立委、助理、國會記者望之卻步的「有字天書」，經常門、資本門、政事別、機關別，一大堆專有名詞讓人搞不清楚。而厚厚一千多頁的總預算書，數百本的單位預算書，總是讓人望之興嘆，不知從何著手翻起。就算有極大耐心和毅力，一頁一頁地翻，一本一本地看，也難從主計專家美化過的數字中，找出破綻和問題。若只是按圖索驥、土法煉鋼，往往在未參透數字的玄機之前，便已經走火入魔了。

由於立委每屆汰換逾半，助理流動性也高，難以累積預算專業人才，致使預算審查永遠是新兵對抗老謀深算的行政官僚。更由於憲政設計的缺失，國會的審計權被割裂，使立委無法取得前一年預算執行的資料，自然難以對下年度預算做有效監督。因此，制度設計不良，立法院與行政院擁有的武器又不對等的情況下，預算審查功能不彰，往往淪爲閱報質詢，最後總是以「菜市場喊價」方式拍板定案，而讓預算多年的沉疴始終無法改善。

身爲第四權的媒體，對於預算新聞的報導上，也是有氣無力。國會記者除了本身缺乏預算專業能力，每日在新聞處理、追求獨家上耗費大部分的精力，也難空出多餘時間研讀預算。因此，不僅無法寫出具可讀性的預算專題，對於立委的預算質詢，也難以在短時間消化，往往使報導流於繁瑣的數字，不是編輯不青睞，就算刊出，也難以激起民眾的反應。媒體報導少，民眾不重視，這種情況下，對行政機關改革的壓力相對就小，這也是諸多預算缺失，在經過多年立委的重複質詢之後，仍不見改善的原因之一。

當了四屆立委，審了十年預算，然限於時間與精力，仍無法對預算之全貌，進行整體性檢視，每年預算的審查，只能就關心議題或是嫻熟的專業部分進行發揮。而啓楷兄卻能夠以四大主題，二十一個子題，道出預算的全貌和缺失，顯見預算專業的扎實，在記者群中無人能出其右。更難能可貴的是，其能將枯燥的預算數字以具體個案化呈現給讀者，生動活潑更具可讀性，筆力入木三分，令人難望項背。其中之舉例如「假考察之名行觀光之實」或是「豪華租殼」等，都讓人印象深刻，此書的出版，其對行政機關的壓力，將遠勝所有立委的質詢。

在茫茫大海，沒有羅盤的指引，必迷失於汪洋中；在汗牛充棟的預算書中，若沒有一本預算導讀的指引，也將陷於預算數字的迷障裡。啓楷兄以其預算報導累積，繼《國庫潰堤》之後，再度出版《搶救國庫》，除了展現第四權監督政府之責外，相信對於有志鑽研預算者，也提供了一個導讀的指南。

守著預算，守著你

陳文茜
（無黨籍立法委員）

說謊有不同層次：善意的謊言、惡意的謊言、荒唐的謊言。中華民國政府預算，屬於第三種。如果全體社會，無能解構拆穿謊言，甚至連監督預算的立法委員，到監督政府的媒體，都跟著荒唐的謊言起舞，謊言工廠裡參與生產的，就不只是行政部門，還包括國會立委與媒體記者了。

台灣檢討教改的建構式數學，談及過去台灣人數學程度，全球排名前五；但一般凡看得懂數字的，多半跑到新竹科學園區當科技新貴，留下來的若能言善道，變成立法委員；能拿筆，就成爲記者。而這些人共通特色，幾乎都是幼年時代，數學理化能力不佳。

國會全面改選以後，攤開立法院歷年重大事件，深入討論預算，甚至進而建立制度的，從不是焦點新聞。能搶到廣大版面的，無不以政治事件爲中心。譬如：逮到國防部在舊金山某祕密帳户，或者内湖浮起來一具屍體隱涉軍事採購黑影幢幢；黑金政治是另一階段，能罵流氓，不怕流氓的，就成國會英雄。

近來政治更每況愈下，半年來，立院最重要事件，莫過於鄭余鎮與王筱嬋。弊案不用談，死人也沒關係，金權勢力遠不如鄭王愛情消退，對台灣影響來得大。初期以爲，台灣民主政治剛剛建立，國會議員職權自以重大爭議性的政治案件爲主，但十年過去了，自國會全面改選至今，殿堂裡的國會議員與媒體記者，仍無法善用手中的權力。

進立法院後，我常說些大家不太服氣的話，譬如，國會議員只有三種權力：其一是胡說八道的權利；其二是法案，尤其是預算監督權。因此，立法委員若不會看預算書，無法當一位稱職的立委，只能算是個好的胡說八道的表演者，或是壞的胡說八道、不及格的演員。

正如我先前所言，多數立委看到數字很害怕，多數記者文科出身，對數字也很恐懼。因此預算監督，這把眞正可以監督政府部門的利刃，往往不是國會議員最常拿出來制住政府咽喉的法寶，許多焦點，也經常被媒體輕率放過。但在這樣的政治風氣下，卻總有人逆勢而行，譬如本書作者張啓楷，及若干我所敬佩的立法委員，他們對預算監督的認眞程度，讓我實難望其項背。

像王鍾渝委員，辦公室可以花兩個月時間，整理國家總負債，平面媒體或許願意在某大報底下，給他一塊小角落刊登；電子媒體就很難衝上版面。因此如何把預算變成大家可以熟悉、理解、重視，處理預算的立委，必須練得如剃頭爲僧、褪去華服爲尼般的毅力，有種古木哭薪的心情，無論世間發生多少事，總得敲著這個木魚不放。若無此種堅定意志，政府預算問題，實難於台灣政壇眞實呈現。

幸好年過四十、邁進五十當口，才選擇重回政壇，想想自己還能爲台灣做些什麼，只得仔細研究這盤根錯節的政府預算書；否則以年輕時，那麼喜歡浮光掠影、熱鬧日子，自然不可能忍受這般必然寂寞的政治生態，更難守住預算。

猶記剛當選立委的第一個會期，辦公室團隊經常半夜一兩點下班，只爲了整理國營事業相關預算。不只得找出不當或可疑投資項目，要求行政單位提供細項，將之統計、列表、計算百分比，製成各類型表格，還要想辦法讓在野黨團提案，於朝野協商時，無役不與，並且提防小人從後暗箭挑撥，最後經歷其間許多難爲外人道的政治運作，才能讓表決案順利通過。

尤其備受外界矚目台灣高鐵案的表決，事實上原始決議近十五項，最後進入朝野協商時，只剩下六項，九項讓民進黨被迫同意。只因朝野協商時，連泛綠軍的台聯黨團，都被我們說服，不可能完全站在民進黨立場，支持不合理的財團利益輸送。六個表決案裡，我們贏了三個，輸了三個，這樣的結果，與我們有能力將此案，與藍綠政治對決成功區隔有關。

爲了找答案，顯示台灣高鐵幾位大股東，在工程中只包賺不賠，得到多少工程利潤、是否違反道德風險，我們得跟開發基金，索取台灣高鐵承包商的名字，之後再跟高鐵局查詢各個不同工程的編號與金額，根據其中幾項金額，再去比對交通部所提供，不同高鐵營運站的承包廠商，然後對照大陸工程公司所公布的財報。你得經過好幾道手續比對，動用許多朋友及各項資源，終於經過幾個月、無數加班努力後，得出一個可信的、較接近事實的結論。

過程中，我們讓政府部門，意識到自己如何違反當年對抗黑金的政見；讓驕傲的財團，面對自己如何違反投標時的諾言。

暑假期間，別人出國，我們沒歇著，繼續轉戰九二一。九二一大地震三周年前，有將近一個半月，辦公室團隊每天活在和重建委員會吵架的過程。重建滿三年，政府前前後後，總共編了四千多萬預算，只爲辦一天的紀念晚會，但整體九二一法定預算一千億，執行率只有二十九．五五％，重建區執行率不到一％，其中搞造勢活動的錢，就占了二十七億，規畫費更是在每個項目與細節，隨處可見，換來是堆積如山的報告書，災民看到報告書總說，換成我家公寓該有多好？

我們的工作人員到災區去，邊採訪邊流眼淚，實在很難回答災民的問題：參加讀書會、康樂活動之後，爲什麼我仍舊沒房子可住？正好下鄉調查的最後一天，中部又發生了另一次三級有感地震，當晚我打電話慰問仍在中部的工作人員，她說，只有住在九二一災區裡，才知道任何一個地殼變動，無論規模多大，恐懼都一樣深。

關於九二一預算的監督與批評，記者會雖然只持續了一個禮拜，卻跟郭瑤琪連續吵架一個多月。辦公室助理，日以繼夜調查九二一實際成果，終於讓陳總統不敢出席原定中興新村上千萬展示九二一重建成果的活動，也取消了當晚在霧峰九二一地震博物館的剪綵典禮。那座地震博物館，共花了五億，媒體募得一億五千萬資金，教育部補貼三億五千萬，之後每年還要編一億多預算運作。雖說建博物館是好事，但政府這麼急於宣傳，建造這種只有災區以外民眾給予掌聲，卻忽略實質可以幫忙災區民眾的工作，這樣的現象，只有從偵探般細膩的預算解讀中，才能看到現今政府是個多麼會宣傳的謊言製造家。

其間還有段小插曲，辦公室助理與青島東路警衛吵架。警衛覺得我的辦公室助理，特別麻煩，按照規定，青島東路辦公室，最晚十點就得關門；但我辦公室助理，經常得工作到半夜一兩點，警衛伯伯都睡著了，還進進出出把人吵醒。年輕人雖然工作認眞，但累的時候，未必懂得維持禮貌，某些擦槍走火，倒也算是處理預算時，特殊的注腳與記憶。

台電與中油之敦親睦鄰案，更是個難忘例子。

愈瞭解政府預算細項，對政府的極端不信任感，就會油然而生。國營事業預算審查會，十幾次朝野協商，我幾乎沒有一次不參加。每回寫決議時，我總得字斟句酌，心想：「這麼寫下去，會不會給對方過多彈性，以至違反承諾，回過頭來騙我們，又把預算拿去唱卡拉OK或露營？」最後我清清楚楚寫下關於睦鄰經費的決議，明白限制經費範圍與對象：第一、以區域而言，電廠油廠五公里之內。第二、即使五公里之內，也不能亂給錢，只能幫居民繳健保部分費用，及補助兒童營養午餐費。

如此防政府如防賊，但還是高估了某些政府部門的廉恥心。

譬如中油公司，在游錫堃上台後，把業績良好的董事長陳朝威換下，換上一位他的好朋友、當年頂頭上司——郭進財董事長。立法院第五屆第一會期，審查營業部分第二組的中油公司預算時，主決議白紙黑字寫得清清楚楚，明明只能繳健保費和兒童營養午餐，但他還是硬插入許多名目，並聲稱加入這幾項，乃依立法院決議。

第一是「獎學金」，聽來還不至於太不合理；其次，「環境清理與登革熱消毒」、「主動辦理鄰近地區寒暑學童夏令營工讀工作」、「急難及貧病救助慰問金」、「老人及殘障社團之救助金」，雖然擴大了社會福利範圍，但也還看得過去。再往下看，「老人及殘障社團之福利活動」，什麼叫老人，什麼叫殘障社團，由誰來領錢？立委？鄉鎮代表？「地方民俗節慶活動」、「村里民大會」、「贊助社區辦理春安演習」、「贊助社團舉辦文教及環保活動」、「贊助組隊及參與地方體育及文康活動」、「參與睦鄰業務有關之地方人士婚喪喜慶費用」。我們雖然六月底通過決議，但這個公司不僅像賊，簡直形同強盜，七月、八月、九月、十月，把國家每年編列，高達十億元左右的睦鄰經費，硬是不分散給附近居民。據統計，其中八十七％的費用，仍然補助外界早已詬病很深的烤肉、露營、卡拉ＯＫ、中秋晚會等活動。我氣不過，跑到審計部去，爲此，還得權謀設計了一個撞球理論，本會期特別參加司法委員會。

司法委員會，管法務部、調查局和審計部。本人從開始就打定主意，要善用司法委員會。因爲這幾個部會，詳讀預算書後，基本上均屬乾淨的政府部門。因此我在裡頭扮演難得的護航角色，但要求這幾個部門和我們合作，嚴格審查相關政府弊案。

其中針對中油，我親赴審計部，要求審計長發揮職權，把中油那種「智慧型犯罪」的經費，全數追回國庫。審計部同仁，倒也眞的回文，預算史上前所未有，要求中油公司解釋，否則不核准決算。按照法律規定，若審計部不核准，這些錢要由董事長及相關承辦人員自行支付償還，實非同小可。於是中油便找人來和我協商，就在一場與友人的鵝肉宴上，中油顧問突然跑來：「您如果眞的堅持這麼做下去的話，怕會得罪很多立委吧？」我哈哈大笑：「羅福助我都不怕了，還怕你們中油公司這樣威脅我？」

游院長上台時，要大家不要送花，姑且不論政績如何，至少他是一個懂得節省的行政院長。花農倒是很氣，上回農漁會遊行，還諷刺院長：「我要紅包，不要花籃。」於是我調閱了各部會特別費用執行表。因爲所謂花籃、婚喪喜慶請吃飯，除了業務費用之外，各部會都以特別費編列。而我國政府又有一個變相的壞制度，張啓楷當年當國會記者時曾經建議，政務官薪水另一半應該納稅，不過遺留了另一部分，並沒有繼續追下去，就是各部會首長都有特別費，裡頭有一半得出示單據，才能報帳；有一半完全不要，而完全不要單據那部分，就是屬於部會首長的變相加薪，而且這部分也不用繳稅，至今如此。

以九十及九十一年度上半年來看，游院長本人，在九十年度擔任總統府祕書長，特別費每月近七萬元，他一毛未剩，不用單據的那一半，他也全部進口袋。九十一年上半年擔任行政院長，每個月特別費增加至二十三萬，也未見一分錢繳回國庫。

長期擔任主計官員的人，私下告訴我，中華民國歷任部會首長，只有一個人眞正會省這種錢，還不大聲張揚，平日花籃送得少、交際少，而且不會把錢轉爲變相薪水，凡沒花完的，通通繳庫。那個人已經離開政壇傳教去了，就是王建針先生。

因此不看預算，很難分辨政治人物的廉潔度，他的政策究竟是善意、惡意、還是荒唐的謊言，游錫堃的「節省」，正屬於第三種。

另外，政府說要拚經濟，每年編列總預算說明時，總承諾如何拚經濟，但翻開實際明年度預算書，經濟發展支出，全部只編了二二八二億元，扣除上年度例行性支出，實際上只有一一八○．六億元。怎麼拚經濟呢？「全國性的公共建設」，譬如北高捷運、東西快速道路、西濱快速道路等大眾運輸建設計畫；還有「捐助各類基金」，但數目很少，只有五十五．一億；「投資與開發」，九．五億；「補助地方建設與區域計畫」，五六五．一億。其中有一項最好笑，名爲「國營事業補破網」。拚經濟之餘，還得對過去這段時間，經營不善的國營事業給予補助，胡列在經濟發展支出的項目上，高達一○七億。這些公司包括中船、中興紙業、台機、台汽虧損等等。

第二會期，我們敲的是健保牌木魚。無論外界北高市長選舉、新瑞都劉泰英案，多麼沸沸揚揚，我則始終關注健保。雖然新聞只打十天，卻是兩個月努力成果。之後還得把各式意見，寫成決議與修法，尤其修法過程，外界與執政的民進黨團，總是拿著放大鏡，檢視與我有關每個細節的缺失，以致我們得用少數人力，對抗一個龐大的執政機構。在他們心中，總是不斷思考如何抓到陳文茜的痛處，使其暴露於社會。他們如果拿修理我的力氣，好好思考政策，讓窮人看得起病，病人不用被逼得去自殺，該多好。

健保雙漲時，看起來挺仁慈的前後任署長都說：「若健保費不漲，健保肯定會破產。」但仔細攤開九十二年預算，不只是本書作者所提到的職工福利金，健保局員工領了四．五個月，還包括了健保局嚴重浪費，去年決算總共有二十三億是宣傳費，抨擊後，今年也還有四億。光是「澎湖ＩＣ卡實驗計畫」，也就是在澎湖試辦第一張不能用的ＩＣ卡，才數千人口的一項計畫，就編了四百萬。有民眾投訴，每次考察，健保局總是二、三十人出巡，比觀光訪察團花費更大手筆，更不要說外界窮追猛打的藥價黑洞。

健保局總喊沒錢，也不管民眾有沒有錢。一年那麼高的政府預算裡，只編給繳不起保費的民眾，兩億元的「健保紓困基金」。問署長：「這點錢夠幫助多少人？」他還大言不慚地說：「只有七千人。」再問：「多少人繳不起健保費？」他回：「三十萬人。」剩下來的人怎麼辦？他起先回答，跟親戚朋友借，後來發現失言，趕快發言更正；之後昭告社會，明年政府會編十億元。政府預算拮据，所以不得已只編兩億，然後睜眼看著民眾若家中有病人，只好把家裡搞窮，眞是如此？

仔細檢視衛生署相關預算，有筆叫「菸害防治基金」，光是國際交流研究，就編了一億三千五百萬，兩個國內台灣區研討會就搞掉九百萬。換言之，宣傳遠比幫民眾看病，對政府更重要。做起國際交流，一場研討會四百五十萬，在台灣哪兒找得到，只有我們政府單位做得到。

簡言之，政府本身從不考慮財務如何維持收支平衡，任由各種特權弊端橫行，像個過路財神，還要說這是我的業績，坐領高額福利金，等眞破產後，再兩手一攤，說沒辦法，要漲價。這可比恐嚇詐財的黑道集團，還要更嚴重。黑道集團通常收取保護費，會盡江湖道義，該保護的不會食言，但健保局收取保護費後，不夠錢還需索無度，甚至一副不繳錢、就翻桌的姿態。繳不起錢的民眾，按現行法令，半年後必須課以三十%利息的滯納金，比民間高利貸還高出一倍。

即使今年健保雙漲，收入保費增加一八一億，讓病人繳的部分負擔多了五十幾億，但支出還是多過收入。不認眞看預算的國會議員與記者，就容易被誤導，譬如衛生署長涂醒哲承諾：「兩年內健保不會漲。」但再比對預算，今年支出超過收入，支出成長五．九%，收入只有成長五．四四%，換言之，應正確解讀，兩年後，健保一定再漲。

預算弊端其來有自，因爲台灣向來行政單位獨大，審計監察部門即使糾正，譬如健保藥價黑洞，糾正兩次，它就是可以置之不理。國會部門必須活在很畸形的政治文化當中，無法回到正常預算監督的軌道，媒體又無法於短時期內提升專業素養，於是歷史只能看著政府的財政赤字，不斷累積。

感謝啓楷，即使離開立法院，跑起馬帥哥的新聞，沒被他的兩點所迷惑，還是回來檢視預算這塊國家未來眞正最大的黑點，讓大家知道我們的政府是怎樣亂花錢，而且政黨輪替毫無改善。

這本書，希望你們能好好閱讀。因爲今天你所關心的許多事務，未來未必留下影子，但預算它會。你或者看不懂它，但它捉得住你。國家如此揮霍，負債如此之高，於是滿街都是開罰單創造業績的警察；於是你母親生病，必須支付比過往高出甚多的醫療費用；於是大人物和財團口袋麥克，而你與你的國家，只能守著歲月，看著台灣日日走向貧窮。

有識之士皆應人手一本

李桐豪
（親民黨籍立法委員）

進入立法院已經快滿兩個會期了，這兩個會期我都參與「預算與決算委員會」。外人或許認爲審議預決算的委員非常風光，因爲他們可以參與任何政府機關的預算審查工作，政府官員對這些委員們必須畢恭畢敬，就怕預算過了不關，政府政策推動不了。看來，社會大眾對於立法委員觀感不佳還眞是其來有自。

立法院絕對是製造國內新聞的重鎭。每當立法院預算審查期間，立法委員及其助理們總是想盡辦法要找出預算書中不合理的地方，凸顯政府官員的不誠實與怠忽職守。民意代表努力地揭發政府官員隱瞞國家財政惡化實情，甚至揭發圖利特定人士的弊端，往往可以讓他們占據媒體版面，博得認眞問政的美名，進而延續其政治生命。不過，正當立委們對於國家預算問題吵鬧不休之際，社會大眾則是被弄得一頭霧水。大家只是約略知道政府的財政收支問題嚴重，而政府並沒有誠實向人民交代清楚。

儘管大家的憂慮有其依據，但是我們的政治似乎陷入無法自拔的泥沼。政黨輪替攻守易位，國內政治舞台卻依舊上演同樣的戲碼；執政者一方面積極兌現競選時所開出多項討好選民的支票，一方面則盡量掩飾國家財政收支的狀況。結果，國家的財政依然窘困，社會卻已對當前政治與政府的運作由失望轉爲冷漠。這是台灣民主過程化中的危機。

我在預算與決算委員會或其他委員會質詢時，經常感到很氣餒，感嘆政府用錢不知所爲何事。舉例而言，我曾問一些部會的首長，知不知道政府機關使用爲數龐大的預算，施政目標爲何？衡量指標何在？結果這些首長們往往是實問虛答、顧左右而言他。例如，經建會主委不知道政府經濟政策對失業人口結構的影響；衛生署長不知道增加人民的壽命與提高生活的品質是首要任務；農委會主委不知道農業就業人口劇減與其所得下降同時發生。這些是我經常擔憂的問題，也是與人民切身相關的問題，然而部會長的回答竟是如此令人失望。

再舉個例子，我曾詢及政府官員是否能體會經費來源之不易。爲了凸顯問題，我玩笑地問他們一億元新台幣若以一千元的紙鈔連起來會是多長（答案是十六公里）？似乎沒有一位官員知道。我懷疑政府部門在編列預算時對數字上的加加減減，是否體認到這些都是國人共同努力累積的資源。當我們在立法院討論國家預算時，總是以「億元」作爲考量的基礎，不幸的是，「億元」已超過我們日常生活的經驗，結果立法委員或政府官員總把「億元」與「元」或「千元」視爲等同。可以想見，這種超出生活經驗，卻以生活經驗作爲決策的基礎，其後果往往是不堪設想的。

國家預算是實際執政者施政目標的重要工具。但政黨輪替後我們看到許多誇張而無法實施的計畫，舉例來說，張俊雄內閣的「八一〇〇台灣啓動」計畫，號稱要支出新台幣八一〇〇億元振興經濟景氣，但是國家的經濟眞正地「啓動」了嗎？再者，新任的游內閣上任四個月內又立刻推出「挑戰二〇〇八——國家發展重點計畫」。這項計畫在六年之內，中央與地方政府要花費一兆七三二五・五二億元，預期創造五％的經濟成長率與七十萬個就業機會。但是，實際的情況卻是預算數比規畫的金額大幅縮水，如九十一年度相關預算短編了二一五・五四億（占原規畫預算的十二・〇一％），九十二年度的預算更是短編一〇六九・八八億元（占原規畫預算的四十一・九一％）。如果預算的編列與計畫相差甚遠，我們又如何期待這種浮誇的計畫能產生預期的效果呢？台灣的經濟自然是在動盪之中。

儘管政府要花大錢「拚經濟」，但卻無力解決國家結構性財經問題，以至於國家經濟成長前景不樂觀。我要提出一個數字，即目前國家總負債現值逾七兆七五〇〇億元！包括要解決金融問題，樂觀估計需要六千億元（不含隱藏性逾放）。此外，中央健保財務缺口現值五二八～六三二億元、基隆河整治六六七億元、勞保負債八千億元、軍公教退撫基金負債現值爲一兆九九〇一億元、公營事業民營化員工年資結算及退休慰問一二三〇億元、非營業特種基金長期債務五九七〇億元，以及國防計畫軍購現值五七八五億元等，估算合計費用就超過四兆二千億元！如果再加上現有國家債務餘額二兆九六三九億與與二代戰機借款二二七八億元之現值約三兆五五〇〇億元，則國家總債務現值超過七兆七五〇〇億元！這絕非捏造，也無意要嚇唬國人，但身在其中，我深深感受到如果國家負債問題持續惡化，極可能會讓我們後代子孫無法承擔，台灣的經濟從此沉淪。

政治是眾人之事，如果人民對政治冷漠，最終受到傷害的畢竟還是自己。因此，充分瞭解國家財政收支狀況和政府施政，明白政府徵稅究竟爲大家做了甚麼事，是現代國民必須要關切的課題。啓楷兄寫的這本《搶救國庫——你應該知道政府怎麼用錢》正可以化繁爲簡，讓大家不僅是得到知識，更可以隨著作者的引導一窺執政者一手主導機關算盡的國家預算書，故值得推薦！

因此我認爲，民意代表應該人手一本，有助於發現政府在預算書中動的手腳，才能更有效地監督政府，避免社會資源的浪費。政府官員也該人手一本，才知道自己到底有哪些有意或無意的掩蓋手法已被人識破，引以爲鑑，趕緊改正不當的預算編列。新聞記者也該人手一本，探究國家預算基本結構失衡問題以及不合理支出之處，爲社會振聾發聵，以善盡輿論之責。社會有識之士更該人手一本，瞭解政府預算意義與現況缺失，成爲監督政府與媒體的眞正輿論基礎。

在這本書中，啓楷兄花費相當大的心力，透過最清晰的解析與文筆將數以百冊計的國家預算書陳述予大眾瞭解，實在是功勞一件，值得大家的肯定。

（自序）這個問題不要分黨派或藍綠

「希望政府每年能少浪費一千億元，而且多收入五百億元」，這是七年前我寫第一本書《國庫潰堤》時，在序言寫下的第一句話，也是多年來我持續追蹤政府怎麼用錢的動力。

《國庫潰堤》出版後不久，趙永清等立委在總質詢時，送給行政院長及所有閣員每人一本拙作，並以書名爲題提出質詢，要求政府正視財政惡化，採取有效的開源節流措施。這幾年，因爲報社在版面上大力支持，加上各界共同努力，沒有政黨或藍綠問題，只有到底有沒有浪費？能不能開源？我們促成了不少改革，例如：

◎當我們窮追猛打政務官的薪水怎麼可以有一半不用繳稅？後來該免稅優惠終於取消，國庫因此每年多收入一億元。

◎國庫爲了補貼軍公教退休金優惠存款十八％，每年支出近百億元，我們疾呼軍公教已經躍居中上所得，過去的優惠應適度調整。後來歷經朝野多次協商，決定採取溫和改革：不溯既往，但自八十四年以後年資不計。國庫因此在近六年來，已節省上百億元的補貼經費。

◎部分政府機關到外面「天價租殼」辦公，每年報社都給半個版檢討，迫使政府興建兩棟中央聯合辦公大樓後，優先將租屋價格較高的陸委會等機關遷入，政府每年因此省下五億元以上租金支出。

◎要求政府清查被占用與荒蕪多年的國有土地與房舍，國庫每年開源十億元以上。

爲了政府財政在八十年初期快速惡化，亟需喚起執政當局的重視，我們更提出「總預算應連續五年負成長五％」的猛藥，促成中央政府總預算在八十三、八十四年度連續負成長，行政院更破天荒追減一千多億元的經費，舒緩了國庫潰堤的危機。

不過，其他多數訴求，最後還是以狗吠火車收場，甚至像天價租屋，好不容易節省五億元租金後，後來成立的原住民委員會、客家事務委員會，卻又以更高的價格到外面租用辦公室，讓人很是氣餒。

還好，投入關心總預算的人越來越多。有次方念華邀我和ＴＶＢＳ編輯部聊怎麼追總預算新聞，深談兩個小時後，許多編輯仍專注地詢問怎麼下標題，才能讓觀眾有興趣。前年，台灣記者協會也建議我寫篇文章，把自己多年追總預算的經驗與大家共享。有一次，更有國會助理打電話到報社罵我沒有報導總預算新聞，我解釋自己已經調線改跑行政院新聞，結果他很不高興地說，我去國會助理工會和他們聊天時，說每個人都應關心此可能動搖國本的問題，怎麼可以自己先落跑？

最近立法院審查總預算，看到蘇治芬等民進黨立委舉發政府機關浮報、虛報油票情形嚴重，全國公務車一天的耗油量，竟然「可以繞地球一百零四圈」；稍早，看到陳文茜質詢國有土地被賤價出租，痛陳「一坪只租四塊錢，租金比青康藏高原土地還便宜」，有趣、深刻的比擬，讓乾澀難懂的預算問題頓時鮮活了起來。由陳文茜、吳敦義、周錫瑋等立委組成的國民安定聯盟，更對「九二一」重建決算執行率偏低、健保局查察醫療浪費與藥價黑洞不力等攸關全民的議題，鍥而不捨揭發弊端；王鍾渝窮追猛打債務問題，沈富雄、李桐豪、劉憶如等人提出擲地有聲的問政。還有詹守忠（沈富雄辦公室）、陳彥智（楊麗環辦公室）等資深助理仍堅守崗位，監督政府總預算，令人不禁要為他們鼓掌。

這本書是以「大家都看得懂」入筆，除了少部分較專業的章節外，至少八成以上內容，都是國中生就可以看得懂的內容，希望能吸引一般民眾關心，進而一起監督政府的用錢。上一本書，立法院長王金平說他三個小時就看完，而且是一邊主持立法院院會一邊看。這次因為加入對非營業基金等探討，閱讀難度稍微升高，但還是維持上一本書「有趣、易懂」的基調，大家可以以「看故事書」的心情來看政府到底是怎樣用我們繳交的納稅錢？

這一本書裡，有榮幸、如蘭、恆旭等太多好友的鼓勵與協助，還有美玉、世偉、光芹邀約在時報週刊系列報導政府到底怎麼用錢？鳳馨在她主持的News98「財經起床號」，用近兩個月每週三的時間共同介紹許多重要議題；謝謝立院預算中心張萬全主任的協助。同時要感謝四位分屬不同黨派，但同樣關心國庫困境的立委應允寫序，讓拙作生色不少，他們是：擔任過經建會主委、經濟部長，熟稔國家財政困境的立法院副院長江丙坤；資深又專業，更重要的是一向講眞話的沈富雄委員；兼具財經學者身分，對財經議題頻頻提出鞭辟入裡質詢的李桐豪委員；還有剛進立法院，就在國營事業公關費、行政院開發基金等議題表現耀眼的陳文茜委員。

本書中有一很難能可貴處：曾經每年主管政府近四兆元支出的前行政院主計長韋端首肯撰寫「導讀」，透過其對實務的瞭解，提供宏觀的觀察，並深刻解析許多外界民眾只能隔靴搔癢的議題。甚至首度披露當年修憲取消教科文下限等祕辛；據了解，連全國教師會理事長張輝山、祕書長吳忠泰，也都是直到最近才知道其中辛酸，並說：「以前眞的是誤會了。」筆者儘管曾主跑預算新聞多年，但對浩瀚的總預算問題，瞭解畢竟仍屬有限，韋教授的長篇導讀與寫作上的協助，使得本書臻於完整，可讀性與實用性大增，且讓這本書有記者的觀察外，也有實際負責政府用錢的主管第一手解讀。從他的文章裡，我們多少瞭解，主計的專業性，要靠政治力的支持，也更能體會他榮獲一等主計獎章的辛酸，同時謝謝韋教授夫人、中視董事長鄭淑敏在此書寫作過程中的鼓勵。

今年，實際上是我這一生中最悲痛的一年。一生含辛茹苦的父親在去年最後一天無預警肝病病發，臥病僅一個多月，今年農曆大年初一離開我們。悲痛中寫這本書，一方面也是希望送給父親。直到現在，常想起全家人守在靈前爲父親誦經、想起子欲養而親不在。如果，這本書能爲政府開源節流有所幫助，能讓多一些人瞭解、關心國家財政，請將這份功德歸於父親。

最後，要謝謝印刻出版社社長初安民先生，江一鯉小姐，及編輯室的鼎力協助，讓本書得以順利付梓。

（導讀）政府應編出人人看得懂的預算書

韋端
（前行政院主計長
中山大學教授）

曾經在主計機關服務的人，所接觸的是國家整體資源的來源和用途，工作的要求是公正、依法、合情合理，工作的內容是推動施政並且開源節流，工作的對象是中央各機關以及地方政府。要在極有限的資源中，滿足各機關、政府所需，是高難度的任務。各種興革，如預算的平衡、歲入的開源、歲出的節流、法規的增修、書表的整理等，有時候可以做多點，有時候較難推動；有些改革可以加快，有些就須很審慎。如何選擇，是每一代主政者的職責。

當前國家財政赤字嚴重，負債過高，資源運用績效不彰，歲入、歲出以及地方財政，都有甚多可以興革改善的地方。許多問題固然非一日之寒，惟如人民多加了解，予以足夠的重視，我們的財政會更健全，經濟因而獲益，國力得以提升，人民福祉更有保障。這是本書的緣起和價值所在。

主計功能，再接再勵

我於一九九六—二○○○擔任第十三任行政院主計長，這是我二十年主計老兵生涯中的最後一項職務。之前曾任第三局局長（第六任，一九八六—一九九二），長期負責國家統計工作；以及台北市政府主計處處長（第七任，一九九二—一九九三），負責地方政府全盤主計業務。交代這些經歷，是要說明主計長一職，依據組織、預算、會計、統計等七十餘年歷史的法律，掌理全國預算、會計、統計、普查、計算機業務，職司資源分配、財務監督、數字管理、資訊處理等興利除弊工作，性質全面、實際且敏感，所以具有高度專業性及政治性，兩者缺一不可。

政治性是因爲政治人物要說選民愛聽的話，答應給選民他所想要的東西。常常心知肚明自己無法實現這些承諾，有時還根本不打算去進行這些承諾；但是，如果打一開始就很誠實地告訴選民，他所要求的事根本做不到的種種原因，那麼就會被選民唾棄。而專業性表現於：精確明瞭問題的所在，以及所求不遂的癥結因素。主計長可能是整個政治體系中，惟一須扮演黑臉、勇於說「不」、擋人財路的烏鴉角色了，因為資源總是不足的。否則，又有誰來扮演呢？

行政院主計處是有七十二年歷史的老機關。歷任主計長都對制度的傳統和創新，盡最大的努力。主計制度由於獨特的歷史背景和長年的經驗累積，才有這套由法律、命令、組織、人力構建成功的一條鞭主計制度，具有超然、獨立、聯綜的業務特質，並非他國類似制度可以輕易移植，當然也不能期望其他國家採行，因為他國沒有這些歷史背景。

我國主計制度迄今的健全和成效，有目共睹。從中央、市縣到鄉鎮，全國一萬五千位主計人員，全數受有專業教育及經過國家考銓，表現得是審慎小心、守法自律、忍辱負重而且奉命惟謹。

歲月悠悠，滄海桑田。其不變的，極少見到主計人員爭功諉過、貪贓枉法。誤蹈法網者並非沒有，存心同流合污者，確屬少之又少，對於這些污點，主計界也從不護短。主計人員之所以能夠氣節高尚、守正不阿，與其獨立系統的行政保障有密切的關聯。各級政府、各機關的主計人員依法由上級主計機關派任，惟受所在機關長官的指揮。就因有制度保障，所以政府財務人員最感無奈的孤立無援、收支漫無章法、被迫同流合污的可能性降到最低，卒能成為國庫及公帑的守護者。

多年來，政府的財務弊端，僅侷限於貪贓納賄、官商勾結，利用行政裁量權上下其手；至於吃空缺、作假帳、公然將公帑納入私囊者，已絕無僅有，此即主計制度的防弊功能所致。明理的行政首長，對主計主管的派任，都持尊重的態度。前監察院長王作榮先生在職之時，即曾因主計人事向本人表示絕對尊重制度，他說：「機關首長要指定主計人員，是甚麼意思？是甚麼居心？」

建設台灣五十七年以來，國家財用雖不充裕，但我們卻以全世界最少的政府預算，得到經濟奇蹟、民主政治、福利社會的建設成果，國家統計業務也受評為名列前茅的國度。各級政府支出占ＧＤＰ比率，數十年來恆在十七％至三十三％之間，目前為二十二．三％，其中中央政府為十五．六％，較諸其他國家，少了十至三十個百分點，不能不說是預算編審及會計、審計人員的共同成就。而五十年來平均經濟成長率八．一％，更高居世界第一。從成本效益的總評判來說，主計制度可以說是看不見、強有力而且極為儉約的手，推動國家進步。

遠自一九二七年，為了整飭吏治，杜絕貪污，早有改善財政管理之議。先由財政部試辦會計獨立制度，期能以超然立場執行財務監督。惟試辦結果，因無法指揮其他部會的會計人員，而不見成效。一九二八年立法院爲健全政府財政，鑒於財政部施行會計獨立失敗之經驗，乃主張將預算、會計、統計三種功能歸屬一超然機關。經過許多財政專家學者充分討論後，最後傾向參酌美國制度，預算權歸屬於最高行政首長之精神，依我國國情新設一超然主計機關，直屬於國民政府，主計長直接向國民政府主席負責，以監督所屬各院、部之財務運作。當時直屬主席的官員，只有文官長、參軍長及主計長三人。

一九三一年國民政府主計處組織法完成立法，我國主計機關正式成立，超然主計制度於焉建立。自此，國庫出納業務歸財政部，財務監督業務則歸主計處。一九四八年配合憲政之實施，改組爲主計部，隸屬於行政院，惟首長仍稱主計長，持續維持一條鞭制度。嗣後因應精簡，一九四九年改名爲行政院主計處。

觀諸英國與日本等內閣制國家，其財政及預算業務集中由財政部負責，傳統即由財政部協調中央各部會預算業務，因此財政與主計組織歸併爲一個機關統籌辦理，在理論上可減少聯繫時間及人力。惟在總統制國家如美國等，主計權則直屬總統，如美國設預算管理局（Office of Management and Budget,OMB）職司之，以遂行最高行政首長之財務權。我國之政治制度，行憲前由國民政府主席負最高政治責任，所以主計權歸屬之。行憲後，行政院長係最高行政首長，故主計權歸屬之。如今演變下來，政治體制係以總統所屬黨派與立法院過半數之黨派是否相同來決定，若相同則偏向總統制，若不同則偏向內閣制。另行政院長依憲法為我國最高行政首長，如政治制度偏向內閣制，則主計權應隸屬於行政院長，如偏向總統制，則主計權應隸屬於總統。惟無論如何，主計既係國家重大之資源分配及統計考核權，並非普通、局部之行政權，自應直屬最高行政首長無疑。由於我國政治狀況特殊，政治制度係依據選舉之結果而定，目前之獨立主計制度，恰能彈性因應不斷變化的政治情勢及隨之更易的政治體制。

依據預算法第四十五條規定，行政院主計處負責彙編中央政府總預算案之歲出預算與核實整理歲入預算，效力達到行政院所屬、以及行政院以外之各機關；此由主計法令皆冠以「各機關」字樣，表示其效力及於各級政府之所有機關可看出，非如其他行政院所屬機關，所發布法令之效力僅及其法令所冠之「行政院所屬各機關」。同法規定財政部負責擬編稅課、罰款及財產等收入，在擬編過程中須與主計處研商，因此主計處之地位屬於超然之審核單位。我國政府財務的處理分為財務行政、公庫出納、主計與審計四大聯綜系統，各自獨立行使職權並有相互制衡（Check and Balance）的功能，其中即以超然地位的主計為核心。此機制我國已運行七十二年，制度完備。

超然財務，監控之鑰

就預算的角度而言，預算為分配國家整體資源的主要工具，涉及政府各部門可用資源之多寡，因此預算權應直接隸屬最高行政首長，亦即行政院長。主計長具有院長首席財務幕僚性質，協調跨部會之預算分配，有利預算案之順利編製。主計獨立於財政，預算編列方向不易偏向「量入為出」的考量，不致過度重視短期預算平衡，能多方提供長期財政支出以及追求整體經濟循環之財政平衡，配合整體長程施政需要。

預算是資源分配計畫，關係著有限資源能否合理有效運用。政府各類政事支出所占預算的比率，代表當時國家對各該政事重視之程度，必須視國家不同的發展階段妥適分配資源，並利用預算政策以加速經濟發展。為了達到上述目的，必須不斷地改進預算作業制度。我國的預算作業制度，從早期簡單的傳統預算制度，歷經多年不斷地改進，融合了先進的設計計畫預算及零基預算制度，在國家發展的過程中，適度發揮了控制財政收支、促進經濟發展的功能。

就財務管理的角度而言，將管帳（主計處）之會計與管錢（財政部）之出納的職責分由不同機關負責，是良好內部控制的最基本原則，不論在政府或企業均應如此。主計處除預算與決算之歲計業務外，亦負責政府會計業務與機關內部控制。而審計單位在已修正之審計法及甫施行之政府採購法規定下，已退出事前審計，如今會計人員內部審核職責更爲加重。

會計管理是內部控制的核心環節，缺乏健全的會計管理，內部控制必然瓦解。目前政府的會計法令及各類會計制度齊備，各機關會計事務處理均有適宜的法令、制度作爲依據，並藉由超然獨立之會計人員負責內部審核工作，有效監督政府財務，會計管理功能已適度發揮，各級政府機關內部控制機制均尚能有效運作，雖不能說已達完全弊絕風清的地步，但較諸建制之前普遍貪瀆的現象，已有極大的改善及明顯成效。

修憲原委，經費失控

在我主計長任內，爲了改善財政環境，從修憲、修正預算法和所得稅法到許多主計財務相關法令制度，算是變革較大的。但總有不足之處，留待後任接續努力。預算書的改革就是這些未竟之功的一環。

修憲自是大工程。憲法原一百六十四條規定中央、省、縣政府教育、科學及文化支出，分別不得低於預算總額的十五％、二十五％及三十五％。本條文的背景，自是立憲之初有意藉此充實教科文的經費。然而，神通不敵業力，錢財是最實際的，沒有就是沒有：一九五〇年總預算，十三億的預算總額，國防支出占了九十二％，教科文只有台灣大學的八百萬元，占〇・六％，遑論十五％。嗣後到一九八〇年代末期，國防預算比率已降至三十六％，而中央教科文比率尚不及一〇％，因此有每年減國防一個百分點、加入於教科文中之議。

爲了找依據，憲法這個條文就成爲令箭。軍政長官自然不願背負違憲這個罪名，經費於是大舉移向教育，造成東華、中正等大學的奢豪設施和經費失控。偏遠地方縣份，學生稀少，卻須長期維持龐大比率，其不合理處自明。因爲有固定經費比率的憲法保障，教育官員、校長、老師，無須爲錢傷神，只有主計人員知道，這是新興錢坑，中華民國主計史因而記載：「憲法第一百六十四條規定，對於國家資源之全面長期合理分配，扭曲殊甚，影響嚴重」。修憲之議，早在一九九〇年代初期，就透過中國主計協進社，遞向修憲小組了。

如果只有主計人員的意見，要想修憲成功，那是蚍蜉撼樹。恰好元老政治家劉裕猷先生擔任國大代表，此公聲稱其一生有兩大職志，一是鄉鎮長官派，另一就是修掉憲法一百六十四條。有他的主持，主計處提供數字，始在一九九八年三讀定案，劉先生獲頒一等主計獎章。當時主計處風雨欲來，因爲教育團體食髓知味，仍嫌經費不足，比率已是十五%，還要求進一步調高。向監察院檢舉行政院長及主計長對教育經費灌水，檢舉函有言「連教育部長辦公室的馬桶都算作教育經費，笑死人了」，而且對於軍事教育，其他部會的教育支出，也都不予承認，使得行之多年的預算分類和結構，備受挑戰。監察院的糾正案即將公布，一面倒傾向同意檢舉人的說法，要糾彈這兩位首長。如此則經費往教科文傾斜的程度更甚。修憲後，由於經費比率改由法律規定，位階與預算案相同，就可以每年的預算案來定比率，合理性大爲提高。教育人員使用經費，更爲審愼和透明，中央教科文比率也一直在十七%以上，浮濫情形已較少見。營養午餐的補助，挪用數萬元買校長室的電視也被曝光檢討，就是師生及全民監督的功效。

對於這樣的改革，時機成熟，就可以多做。大幅修正預算法，使會計年度由七月制改爲曆年制，編製中長期預算、綠色國民所得、國富調查、稅式支出，成立債務基金，也是水到渠成，奮力一搏就做成了。所得稅法八十九條及一百一十一條規定各機關之稅額扣繳義務人是「主辦會計人員」。這一規定，害慘許多主計主管，包括最近中山科學院的會計處長被罰二十三億元。其不合理處，在於一筆稅額的扣繳，是由人事主管提供資料，總務主管負責繳錢，會計主管只是當中作帳的一環，其中還在機關政策在內。然而，國稅局只看稅沒收到，就罰主計主管，自然冤屈橫生。條文修爲「責應扣繳單位主管」，由機關首長指定。這也是加快做成了的。

其餘如特種基金管理，資源運用效率，都在設法努力。老實講，各機關的沉重本位，使得溝通耗時耗力，預算改革艱難重重，總要壓力夠大，才能改一點，這是國家進步不夠快速的因素。

書表改革，當務之急

每年到了預算季節，數百冊政府預算書出爐。大家都想取得它、看懂它，但絕大部分的人都很失望。負有審議職責者，或者無處下手，或者瞎子摸象，很難交出好成績。全國主計人員有能力編出人人看得懂的預算書，關鍵在於時機成熟與否。如今，台灣已經進步到要求政府預算更簡化、透明和易懂的程度了。

各級政府的年度預算，收支規模龐大。負責監督、審查預算的立法委員、議員和代表，當然要看得懂預算，才能把關審查是否浮編不實；企業家想看懂預算，才能知道政府想投資在什麼地方，那裡就有商機可尋；全國人民也想看懂預算，想了解自己辛辛苦苦地納稅，到底錢用到哪兒去了？爲什麼政府都在叫窮？爲什麼想要的服務，政府不能提供？

可惜的是，主計處網站上所公布的總預算案說明，僅有總說明以及歲出機關別和政事別、歲入來源別預算表。其中「中央政府總預算案總說明及主要附表」，說明有八十八頁，含表才一百五十二頁，想要囊括政府所有單位的預算說明是不可能的，僅能看出政府想要宣導的事項罷了。人民的滿腹狐疑，其實得不到答案。其餘預算說明及各機關單位及附屬單位的數百冊預算書，從四、五十頁到上千頁不等，既未上網，也不發行，若非審查預算的權責機關，根本拿不到資料來窺探一斑。廠商找商機，卻大到機場港口，小到青菜蘿蔔，要「夠力」才看得見寫著這些項目的預算書。

雖說主計處的一本帳，是清清楚楚的。但預算書中無數數字，總是令人質疑有浮編不實之嫌，啓人疑慮。財政赤字、債台高築、財政紀律（審議、執行、監督）的眞相如何？歲入因稅課直落、政府搶錢、資產閒置、理財虧損等，所造成資源短缺情形又如何？歲出的人事沉重、福利補貼、請客送禮、考察出國、捐助委辦、經營虧損、租金、營建、設備等，經費是否運用不當、或明顯浮濫以致未能得到最大財務效益？造成這些疑慮，原因之一是主計處的人力配置大有頭重腳輕之嫌，從中央到縣市鄉鎮公所，主計人員有一萬五千人，但負責彙整審議全國預算的主計處第一局，只有六十人，全國公營事業預算的第二局只有有三十人。人少事繁，工作不易做好，這固然是主計要以身作則、刻薄自已，但各界對於主計人員的支持不足，也是事實。

財政失衡，國力倒退

自一九九一年以來，政府逐漸步向財政赤字的陷阱。其間雖一度遠離，曾於一九九八、一九九九達到決算平衡，累積了大量歲計賸餘，但最近二、三年來，政府更加速步向這個陷阱。目前各級政府的實質財政赤字每年多達四千餘億元，未償債務已累積到三兆元以上，爲國內生產毛額的三分之一。這個負債比與一般已開發國家相比，雖不是最高的，但它增加的速度太快，且已持續加速三年，財政失衡狀況已然浮現。

二〇〇三年度歲出編列一兆五七二四億元，較上年度減一八四億元或負一．二%；歲入編列一兆三三四三億元，較上年度增三四一億元或二．六%。歲出歲入差短二三八一億元，加計到期債務還本四九六億元，將以發行公債二三五〇億元，及移用以前年度歲計賸餘四九六億元予以彌平。累積之債務餘額達三兆一二五億元，首度突破三兆大關，占GNP的二十九．九％，成為高債務國度，財政惡化程度仍未見底。要維持龐大的負債有其條件，即經濟須保持相當高的成長，以及政局的安定，社會上無動盪不安的局面。如果不具備這些條件，即使三〇％的負債比，也會造成國家危機。台灣財政赤字的根本原因，在於財政收入短缺與財政支出不當。稅課收入是政府主要的歲入來源，然近幾年來由於國內經濟成長速度減緩，且政府屢屢為刺激景氣而祭出減稅政策，致使我國賦稅收入逐年減少。國民賦稅負擔率（賦稅收入占GNP比率）由一九九〇年度的高峰二〇．一％降至二〇〇三年十二．八％，創歷史新低紀錄，遠比工業國家平均二十七．七％要低很多，亦比鄰近國家南韓十九．五％、新加坡十六．二％及菲律賓十八．〇％還低。賦稅依存度（賦稅收入占各級政府支出比率）由一九九〇年度之七十七．二％劇降至二〇〇三年度五十七．五％，其中中央政府更由八十八．三％降至五十九．一％，明顯偏低，可見政府支出以稅收來支應的比率日漸下降，而依賴其他收入及債務的比率漸高。收入已不斷減少，支出又膨脹難縮，二〇〇三年度各級政府支出占GNP的比率為二十二．三％，僅占GNP十二．八％的賦稅顯然難以支撐。入不敷出的窘境日益嚴重。

由於經濟成長率在上（二〇〇一）年度為負二．一八％，比較基礎偏低，本（二〇〇二）年度景氣狀況在數字上理應較爲好看，主計處預測全年成長三・一四%。在全球景氣回穩之際，台灣股市反呈下跌，自五月份金融痛苦指數再度上升，失業率居高不下，消費者信心指數也自五月以來連續五個月下滑，復以金融壞帳嚴重、WTO競爭效應以及民間財富縮水，在在顯示經濟體質疲弱。無論學理或實務，此時都催促政府立即透過擴張預算，來提振景氣。惜因歲入不振，歲出只好連年負成長，成爲國力倒退的推手。

今年瑞士洛桑管理學院的國際競爭力排名，台灣從第十八名降爲二十四名。在各項評比項目中，優良者固所在多有，而拉低我國競爭力的罪魁禍首，居於末端的落後項目，就屬政府效率大項中之中央政府債務上升率（第四十八名，係用二〇〇〇年度資料，因納編精省之八一三九億元債務所致）、資本及財產稅占GDP比率（第四十六名），經濟表現大項中之經濟成長率（第四十六名）、每人所得成長率（第四十五名），企業效率大項中之生產力增加率（第四十二名），基礎建設大項中之每人耕地面積（第四十四名）、自產能源比率（第四十四名）等。

財政收入不能與經濟成長同比率增加，而財政支出又在政府龐大組織架構、諸多法律義務規範以及財政紀律未彰情形下，難以大幅度減少。這種入不敷出情況之產生，與我們不健全的選舉風氣密切相關。在台灣，幾乎每年都有大規模選舉，候選人爲了勝選，在選舉政見上，不是用減稅、免稅的口號來討好部分業者和特定族群，就是用增加社會福利支出作餌，討好弱勢團體及老年選民，而我們選民中，大多數是在「有奶便是娘」的觀念下，推波助瀾，形成年年財政短絀，年年須增發公債的後果。

更重要的，我們的稅負越來越不公平。薪資階層的人稅負較重，食利階層的人稅負較輕，因為前者每一筆收入都有憑證，而後者可利用偷樑換柱方式，不必照實報稅，或用洗錢或五鬼搬運方式，無紀錄可查。傳統產業或艱苦產業的稅負較重，高科技產業的稅負較輕，因為前者須付營業稅、營利事業所得稅、地價稅，後者因位於科學園區，受優惠待遇，不必付這麼多的稅；高中及大學教師的所得稅較重，軍人及國中、小學教員則無所得稅負擔。安分守己的人稅負較重，偷機取巧的人稅負較輕，前者不會逃稅、漏稅，而後者既會逃稅避稅、也會漏稅。這些不公平的稅負不但侵蝕稅基，使賦稅收入無法增加，課徵費用居高不下，而且也是造成所得分配更加不均的主要原因。

台灣的政治生態環境也令人擔憂。過去，我們多次的財政研討會，多次的財政改革，其效果並不顯著。去（二〇〇一）年八月召開的經發會，工商界代表對五項稅目要求減稅、免稅之舉並不合理，可是執政當局考慮到選舉，不敢拂逆企業的要求。譬如證交稅千分之三，對一般民眾不是沉重的負擔；金融業的營業稅已降為二%，對金融業也不是沉重的負擔，部分業者要求免除，執政當局就順從民意去推動；軍人及國中、小學教員的待遇與高中、大學教師相比，並不偏低，儘管大多數教師表示願意繳所得稅，可是還未能立法成功。

近年來，我們成立很多基金，譬如勞退保基金、郵政儲金和公教人員退撫基金的四大基金，二〇〇〇年復成立的國家金融安定基金，以及正策劃成立、數額達一兆五百億元的金融重建基金等。這些基金如運用不當，有所虧損，最後都要由納稅人來承擔。而且前五種基金，曾用來穩定股市，合計投入股市約五九〇〇億元，結果因股市低迷，二年來無起色，都被套牢。國安基金截至今年第三季，帳面虧損五六三億元，將近四成；其餘四大基金至今年第二季止虧損一五九〇億元。

至於籌畫中的金融重建基金，籌措與運用，都有很大的風險，運用更須有一套有效的配合措施。像政府拯救中的中興銀行，在兩年之內由六十億元負債變成今日的八百億元負債，可知不易。一兆五百億元的重建基金是否能產生預期效果，誰也無信心。這些基金運用的損失，必對政府財政困難推波助瀾。此外，立院上會期所提出的十四項錢坑法案，包括私有既成道路徵收補償處理條例草案、公教人員退休金其他現金給與補發條例草案、敬老福利津貼暫行條例等，總經費高達四兆五千億元，一旦通過，也是國庫不可承受的沉重負擔。

政府搶錢，與民爭財

由於稅收不斷滑落，政府不得不開源。最近許多政府搶錢的爭議，如交通罰鍰預算案編列一二九億元，比上年度增五十多億，成長幅度達八十一％，其他鐵公路、航空、水運等交通收入卻不成長，顯得本末倒置，也無視於目前因爲沒錢繳罰款，寧願扣駕照者，去年已有五十萬件，今年估計更將大增二〇％，達到六十萬件。本意在警惕駕駛人的罰款制度，不幸變成了塡補赤字的搖錢樹。擬議中的，還有保險給付超過定額者課稅、抽單身稅、鄉縣道路收過路費、取締交通違規委託民間經營等。

另一實例，是警政署取締駕駛人交通違規行爲之照相逕行舉發（偷拍）。民眾檢舉違反交通警察勤務手冊「稽查取締不得以隱密方式實施」之規定，如同非法取財於民。立委因而主張依行政訴訟程序，要求行政院全數退還該筆非法取得之罰鍰予被裁罰人，往後並確實執行不得隱密取締之規定。這眞應了古人所說：「事非宜，毋輕諾，苟輕諾，進退錯」，像這種找錢法，到頭來就是進退都錯。

健保黑洞，冰山一角

二〇〇二年九月一日健保局宣布健保費率和門診自負額的「雙漲」，更加深民眾「政府搶錢」的印象。目前國內經濟不景氣、失業率居高不下，已有三十多萬人連每個月幾百塊的健保費都繳不起。衛生署長的回應居然是：找他們自己的親友幫忙。

健保資源浪費最近已成社會關注焦點，根據醫療改革基金會的統計，每年健保給付藥品的金額約爲八百至九百億，其中至少有二六〇億爲藥品價黑洞。另監察院之糾正案，亦要求健保局立即改善藥品價差問題。其他如不必要的治療、檢驗、遊說病人爭取給付，這部分的浪費，在二百億以上。其他委託、宣傳、訓練、福利等的浮濫支出，亦所在多有。

預算法第四條規定之國營事業，應具備歲入專供營業循環運用之營業基金特性，而全民健保局實際上係肩負執行全民健保業務之責，究其業務特性，雖非屬執行公務之普通基金，亦無營業基金之營利目標壓力，故宜歸屬作業基金。令人詬病的是員工待遇比照國營事業中金融保險事業人員待遇，雖與健保制度實施前之公保隸屬中央信託局有其歷史淵源，但就其業務性質應與金融保險業截然不同，且無一般營利經營壓力，何來四．六個月的績效獎金？由二〇〇三年度預算案編列顯示，健保局全年薪資總額高達二十一億一千三百萬億元，員工人數二千九百八十人，平均每人年薪七十萬九千一百元，每月月薪亦近六萬元，在連年虧損下，尚有四．六個月年終獎金的發放。此外，因其屬營利事業，依法又可按營業收入的千分之〇．五至一．五提撥員工福利金，以預算案所列之全年營業收入三四九三億元（其中保費收入所占比重為九十七．六％），如按下限千分之〇．五提撥，亦將近一億七千五百萬元。氣結的是，調高後的健保費成為許多家庭沉重負擔，健保局員工卻因為費率調高而每人增加四千多元福利獎金，實在難以對人民交代。以上年終績效獎金與員工福利金，過去雖係立法通過之預算，但從預算書損益表觀之，其健保收入下所列支之費用，即健保局所稱政府編列之預算，但實際上係由納稅義務人所支付稅捐或規費來開支，故其編列之合理性，實值商榷。

為求健保的永續經營，不應單純地調高費基、提高費率等作枝節上的變動，徒增無謂的爭議。而應有健全的財務設計，從結構面進行全盤性改革。首須檢討全民健保局的定位，再探究成本面問題，在縮減支出用盡各種方法後，進而合理調整費率結構、考量費基公平性、增加部分負擔、減少資源浪費，甚至對藥品價格公開透明化，杜絕其間流弊，以及給付醫師標準的合理性，均應重新檢討建制。全民健保制度應建構在「社會保險」範疇內，而非「社會福利」。綜觀歐美國家之醫療保險，即保險之全國民眾，除少數眞正弱勢、眞正赤貧外，一般大眾每個月所繳交醫療保險費用，每次上診所、去醫院所繳醫藥、藥物費用，均秉持保費與保險的涵蓋範圍成正比之原則辦理，正如汽車保險，保費與保險人出險頻率成正比，而保險與被保險人出險金額亦呈正比。

由於立委的關注，健保局員工福利金已遭刪除，連帶中央銀行的福利金也刪六成。足見這些支出，原是不必要的。

不幸的是，健保黑洞還只是冰山的一角，財務規畫失當的問題早已出現在我國的各種社會保險制度上。例如，在公教人員保險部分，截至九十年底的基金餘額爲三三二億元，但公保潛藏負債即達二四九七億元；在勞工保險方面，截至九十年底的基金餘額爲五二二九億元，但是估計到期（亦即已到達退休年齡者如果此時申領）老年給付爲五三九七億元，潛藏債務爲一．三兆元，且預期未來老年給付將逐年升高；在軍人保險部分，目前準備餘額約一四〇億元，累計給付義務達五九七億元。若政府未能正視以上所舉這些高達逾一兆的潛藏負債對國庫所帶來的危機，儘速改革制度，一旦社會保險破產，全民均受其害。

資源分配，顧此失彼

就歲出結構之資源分配觀察，教育科學文化支出占歲出比率為各政事別之首，社會福利支出居次，國防支出再次，經濟發展支出則居第四位。

教科文支出雖居歲出政事之首，然增加數額多用於科學發展支出，亦即資源之運用集中於科技菁英階層，未能惠及一般普羅大眾教育的提升，與教育界的要求（教師退休、學貸補助等）有所落差，將政府的教育負擔移轉到家長身上，無怪乎輿論有「窮人讀不起書了」的浩嘆。

社會福利支出近三年來雖始終居政事別的前三位，但其分配太過偏重各項保險財務之補貼，而對急須救助者的重視不足。目前就業安全體系出現嚴重漏洞，失業問題歷經兩年遲遲無法有效改善，今年一至九月平均失業人數已高達五十一萬四千人，較去年同期增加十一萬五千人。而自二〇〇〇年底連續十三次調降利率以來，全民存款利息損失約五千億元，加上薪資、租金、利潤等的下降，家計單位的收入蒙受重大損失，全體家庭平均每戶所得總額較上年度減少二．七％，低所得家庭更銳減達一〇．七％（由上年度的三十一萬五千元降至二十七萬九千元），而家計負擔則不減反增。

有些改革個人認爲應予支持者，如健保費率、教師免稅及整頓農漁會信用部等，惟有「中道」思想能夠盛行，國家才會持續進步。日前群眾已因健保保費與部分負擔雙漲而發動八二七遊行，一葉知秋，可見資源之分配未符眾望，社福支出並未嘉惠於眞正需要的人，拉大了貧富差距，高低差距一年之間由五・五五倍上升爲六・三九倍，社會動亂行見愈趨嚴重。三個月內的示威遊行，續有九月二十六日的傳統產業抗議政府欠債不還、九月二十八日的教師抗議加稅並縮減退休給付、十月九日九二一災民夜宿總統府抗議政府拆除組合屋、十月二十九日農漁會代表赴縣市政府抗議政府對信用部整頓措施、十一月十日勞工秋鬥大遊行反對貧窮、十一月二十三日與農共生全國農漁民團結自救大遊行。民怨不止，生計艱難，九十年自殺人數二千七百八十一人，較上年大增十二・六%，顯非政府辦理社會福利的原意。

經濟發展支出已落至政事別第四位，較上年度縮減達二十二・二%，與政府「拚經濟」的口號自相矛盾。近來民調多所顯示，民眾期待政府應致力於發展經濟之比率，遠超過應多關注社會福利者。如今經濟發展支出比重的大幅滑落，與民意背道而馳。長期經濟不振也引發人才與消費能力的外移，形成惡性循環。

支出浮濫，充分揭露

至於支出面的僵化、浮濫、浪費、視公帑如無物之現象，時常有出人意表的曝光，不論是天價租殼，還是政府公務車一天耗油可繞地球一〇四圈。人民因爲不知道禍根有多深、多大，所以滿腹狐疑，看公務員就像小偷，這是很不公平的。究其原委，都是由比對各機關相同項目所推導出來的。要徹底解決這種問題，只有靠預算書表的全面揭露來杜絕。

受法律契約之規範，近幾年度具強制性或義務性必須編列之重大支出，占歲出比重即達七成，諸如人事費、債務付息、社會保險補助、社會福利津貼及補助、對各級公私立學校教育補助、對地方政府補助等。政府僅存三成歲出可自由規畫運用，結構僵化情形嚴重，使得整體歲出的安排更顯困難。

儘管結構僵化，政府卻未盡將錢花在刀口上，浪費情事，此起彼落。各機關買地起厝，大興土木即爲一例。時值房地產不景氣，需求嚴重不足，如果眞有擴充的必要，購買現成房屋，應該更符經濟要求。

又如人事費之編列年年不減反增，近十年來中央政府人事費用平均年增率爲六．三％，占GDP達四．七％，較美國約一．九％、南韓約二．二％、日本約〇．八％高出甚多。且我國公務員平均年薪單位成本竟高達一百二十萬元，爲一般民間平均國民所得的兩倍以上。支領部長級以上待遇的高達四三六人，也是世界奇觀。人事負擔之沉重可見一斑，確有檢討必要。

想搞公款者，如同所有犯罪者的心態，就是賭它不會破案。因爲刑罰一定大於犯罪所得，只有破案被捉的機會不大時，冒險才有意義。預算的浪費之處，編列者也抱著姑且一試的心理。捉到是你的，捉不到是我的。反正到立法院熬一下，過關了就有白花花的銀子可用，看似成本效益頗高。但如主計處的書表無所遺漏地揭露各種費用、在各機關之編列狀況，則取巧的成功機率，就會低到不值得嘗試。

例如支出可能浮濫的每一項目，以辦公室租金這一項來說，各機關每一員工的面積、租金一旦列表，人民看到文建會每人六十九萬六千元，而北區國稅局只有四萬三千元、中區國稅局更只有三萬三千元時，高居第一名的文建會，必定難以自處，隔年應會改善。其餘請客送禮、福利補貼、差假出國、買地起厝、捐助委辦的經費，亦應如此處理。甚至貪污舞弊的金額，列表排列公告，亦有何不可？主計處的網站，列有上百個財務弊端的案例以及改進措施，就很値得稱道，可惜資料止於二〇〇〇年，並未持續更新。

地方財政，羅掘俱窮

台灣省轄下二十一縣市的支出成長率自一九九二至二〇〇〇年間，平均增加速度爲一三．三%，歲入平均年增率爲一〇．九%。入不敷出使財政缺口增加。以二〇〇〇年的決算數字顯示，台灣省轄下二十一縣市的財政赤字高達九九五億元。地方政府收入主要是依賴中央撥補的統籌分配稅款及補助款，自徵稅比率逐漸減少。統籌稅款與補助收入占地方政府歲入的比重在二〇〇〇年度高達五十七．一%，其中有些縣市此項比率更在八〇%以上（如嘉義縣統籌稅款及補助款占歲入的比率爲八十六．二%，澎湖縣爲九十二．一%），顯示縣市地方政府對中央之依賴程度日深，其已成爲中央財政難以承受之重。

地方收入不足的原因可歸納爲：（一）中央政府訂定之免稅規定，侵犯地方課稅權。（二）全國賦稅負擔率遞減，顯示地方政府自徵賦稅收入遞減，亦使中央的統籌分配稅款有所縮減。（三）地方稅法通則以及規費法直到十一月十九日才完成立法，使地方錯失增稅加費的時機。（四）地方收入如土增稅及地價稅，因選票考量而未能確實執行，造成財源流失。

台灣省轄下二十一縣市支出以政事別來區分，主要爲教育科學支出與社會福利支出。

教育科學支出自一九九二至二〇〇〇年平均占歲出比率為三十九・七%，其中約八〇%以上幾乎皆為人事負擔。而社會福利則為主政者競選時的重要支票，因此社會安全支出占歲出的比重日重，由一九九二年度十一・五%，增至二〇〇〇年度十九・七%。相對於社會安全支出的上升，經濟發展支出卻不斷下降，一九九三年尚有二〇・七%的支出用在經濟發展支出，至二〇〇〇年度僅剩十四%，使各縣市的經濟成長受到限制。例如近年來桃園縣政府經濟發展支出已呈現逐年遞減之狀況，二〇〇一年度經濟發展支出（十六億元）占歲出比率甚至僅五・二%。

綜觀地方政府支出膨脹的原因有：（一）政府近年來開了不少福利支票，使得地方法定支出大增。這種中央請客卻由地方買單的情形，加重地方政府的財政壓力。（二）大部分地方首長候選人往往為了求勝，在選舉時提出各種討好選民的政見主張，如增加福利津貼或其他好大喜功而無實質效益的重大建設等。濫開支票的結果，使地方政府支出膨脹，財政短絀情況愈加嚴重。

亡羊補牢，猶爲未晚

主計處已針對各界對明年總預算的許多批評，作了回應，諸如政府預算財政經濟功能雙失、歲入大幅灌水、社福預算浮編、國防部人事費不減反增、政府挹注中小企業信保基金大幅縮水、河海堤等水利工程大幅減少、交通部預算千億保留款執行率不到一半等。既然預見會有這些質疑，何不先行說明？人民看懂了，當然就不會再追究。各機關對預算的痛腳在那裡，其實都心知肚明，甚至都有模擬題，預設好答案，然後抱著姑且一試心態，見招拆招，且戰且走。

台灣在各方面都已進步神速，政府預算書的表達，已因循數十年，不再合乎時代需求。應將所有預算書、包括單位預算以及模擬問答的內容，在網站上公布周知，訴諸公評，往簡化、透明、排比、易懂的方向，義無反顧地改革，以期編出人人看得懂的一本預算書，一本政府的大帳冊。

再次搶救國庫

一、政府不能只會喊窮

不顧數萬民眾上街抗議，政府堅持調漲全民健保費，只為一年能增加近四十億元健保費用。稍早，台北市政府力爭中央補助三億五千萬元整治內溝溪的經費，政府也說沒錢。從中央到地方，各級政府更是負債累累，不只使得諸多政務無法推動、無力投資重大建設以刺激景氣，更隨時可能引發金融風暴。

實際上，我國財政在幾年前也曾面臨類似困境，但在全民投入搶救國庫，政府也從善如流推動財政平衡下，使得瀕臨破產的國庫轉趨平穩。回顧當時諸多改革，至今仍有許多值得新政府與新國會借鏡。

上次財政惡化，開始於堪稱我國財政收支重要分水嶺的民國七十八年度，在此之前，國庫每年收入不只支應支出綽綽有餘，每年決算時，幾乎都留下二、三百億元的歲計剩餘，可供下一年度運用。

但自當年度還是零赤字的七十八年起，隨後幾年面臨公共設施保留地的徵收、戰士授田證的收回、六年國建的推動、高性能戰機的採購、重大交通建設特別預算的執行、社福預算的擴增，以及軍公教薪資大幅調升等，支出規模不斷膨脹，赤字持續上升，財政快速惡化。其中僅七十九到八十一年度，三個年度間債務遽增三八一五億元，是先前四十個年度累計債務一九一〇億元的兩倍。隨後幾年，中央政府每年舉債更高達二、三千億元，台灣逐漸邁入高赤字國家。

此時，各界搶救國庫聲浪高漲，不分政黨要求政府檢討歲出歲入規模，更要求檢視不合時宜與浪費的預算，開源節流，避免國庫潰堤。在國會，包括彭百顯、許添財、翁重鈞等「預算專家」提出諸多擲地有聲的質詢，時任立委的陳水扁總統，也在揭發國防弊案、杜絕浪擲預算上迭有佳作。

在搶救國庫幾乎蔚成全民運動下，飽受壓力的政府在八十四年，破天荒追減重大交通建設預算一千多億元，並採取取消政務官公費免稅、員額精簡等多項改革，到八十七年，中央政府支出占GNP比率下降到十四．七％，甚至出現難能可貴的七十八億元的剩餘，距離上次零赤字已有十年光陰，也使得原本瀕臨破產的國庫轉趨和緩。

不過，最近幾年因爲經濟不景氣，歲收嚴重萎縮，赤字拉大，中央政府無力增加稅收，每年又比舊政府最後一年，激增二千多億元以上的支出，累計債務三級跳躍升。其結果，不只導致沒錢開創新政務、刺激經濟發展，甚至面臨通貨膨脹的危機，亟需再一次展開搶救國庫運動。

二、過去成功的例子與未來展望

實際上，過去開源節流成功的許多案例，直到現在，仍值得新政府和立法院參考。像政務官和中央民代優渥的待遇，有一部分稱爲公費（約占薪水一半），本來可以享有免稅的優待，後來歷經輿論和立委鍥而不捨要求改革，終於在民國八十三年底被取消，困窘的國庫每年因此增加一億元的稅收。這是過去開源成功的案例。

另外，每年高達近百億元的軍公教退休金優惠存款利息補貼，在民國八十四年推出新制後，自該年度後不得再享有十八％優惠利率，國庫每年因此省下十億元以上的支出。這是當年節流奏效的案例。

當時爲了搶救瀕臨破產的國庫，類似開源節流成功的例子還不少，但相對之下，新政府至今還任由諸多在精華地段的公家房舍雜草叢生，有的甚至被謠傳爲「鬼屋」，而部分中央機關又以天價到外面租屋，每年租穀預算超過二十億元。未善用資源生財又浪擲公帑，一來一往之間，財政赤字當然擴大。

最近，政府一再喊窮，諸多建設被迫停擺，甚至調高健保費、交通罰鍰，汲汲營營要從一般老百姓身上「擠」出錢來。但事實上，更急迫的應是盡速矯正國營事業虧損累累、投資錯誤，而負責主管歲入的財政部和掌管歲出的行政院主計處，只要用心檢討政府總預算，絕對可以在每年高達四兆多億的總預算和國營事業當中，找出其間還有寬闊的開源節流的空間；而立委們在審查總預算時，若能嚴加把關，爲瀕臨破產的國庫每年節流一千億元、開源上千億元，也非不可能。

舉其犖犖大者，政府和立委在未來，至少可從以下部分力行節流：

一、**杜絕浪費、浮濫**：中央政府每年出國的預算超過二十億元，但成效有限，某中央機關的出國報告上這樣寫著：「晚上在著名的紅磨坊夜總會晚餐，品嘗法國香檳」。有一年，監委出國到埃及看肚皮舞表演後意外曝光，引起各界譁然。仔細看看各機關出國的地點、考察的名目，更可以發現假考察、眞觀光的問題嚴重。類似狀況還包括不少機關以天價向民間租用辦公室，每年動支近二十億元，還有不少機關年年大興土木、購置遠比市價高貴的電腦等。

二、**矯正過時或不公平**：歲出中專屬軍公教的優惠措施，幾乎是從搖籃到墳墓無所不包，其中僅購屋優惠利率補貼、婚喪生育及子女教育補助等，一年金額就超過百億元。這些優惠的設立，過去是爲了照顧收入菲薄的軍公教，但現在軍公教已躋身爲社會中上所得者，在先進國家，更極少以職業別爲補助對象，我國應可考慮逐年逐項取消。

三、**刪除巧立名目和不合理**：各部會首長有機要費、交際費、特別費、接待外賓等用途重疊的預算，私房錢多得連首長的太座都弄不清楚，其中特別費更享有一半不用檢具單據即可報銷的規定，根本無法監督。有的政務官還自編名目爲自己加薪。另外，正副總統的薪水是美國正副總統的一倍、國安會祕書長薪水相當於兩位部長，都有調降空間。

更重要的是開源，具體可行的辦法，至少有：一、處理全國數不清的公有土地與房舍，像陳水扁總統擔任台北市長期間，釋出信義區精華地段地上權五十年，由民間興建金融大樓，爲市府增加高達二四二億元的收入；二、加速國營事業民營化；三、加強查緝逃漏稅等。

只要透過開源、節流雙管齊下，加上可以徹底檢討重大工程，改依進度撥款，或將部分重大工程改以BOT方式推動。必要時，甚至還可以暫停部分工程，例如美濃水庫的興建。政府要度過財政困境的方法實在太多，不能只是喊窮，更不能坐視歲入歲出間的赤字一再擴大、累計債務迅速向上攀升，將國庫推向破產邊緣，甚至禍及子孫。

三、政府到底有多窮？

至於我們的政府現在到底有多窮？最簡單的算法，如果把政府所欠的債由全體民眾平均分擔，包括陳總統剛出生的金孫等所有新生孩提，和全部老邁長者都列入，則每個人負債超過二十萬元。

另外，就像一般家庭或公司向銀行貸款，每年必須償還本金和利息。如果以政府最近每年只償還四百億元本金的方式攤還，則政府現在累積欠下的債務，最快要等到一百二十年後，即民國二百十一年，也就是我們孫字輩，甚至曾孫字輩才能還清負債。

更嚴重的是，已經債台高築的政府，近幾年財務還在持續惡化中，在嚴重地入不敷出下，不只無力償還舊債，每年還要再舉新債二千多億元，導致債務如滾雪球般越欠越多。

而且，還修法減少每年還錢比率，計畫將債務展延，拖延由以後的政府和子孫承擔。

從中央政府總預算書，可以清楚看出從中央一直到鄉鎮，各級政府九十二年收支都嚴重短絀，其中中央赤字達二三〇〇多億元、北高兩直轄市分別差短一六〇多億和八十三億元，其他各縣市（含鄉鎮）則短絀八七〇多億元，都必須靠舉債或中央補助才能收支平衡，許多鄉鎮更窮得已經積欠公務員好幾個月的薪水；許多老師申請要退休，也因為縣市政府沒錢，只能大排長龍等候，有的已經等了好幾年還是沒錢可以退休。今年開春以來，全國鄉鎮市長已經多次向中央求援，甚至上街抗議，顯示基層財政正陷入空前危機。

為了彌補嚴重的赤字，中央政府決定在九十二年再舉債二三五〇億元（九十一年已經借了二四五〇億元），使得中央政府累計債務餘額高達三兆一千多億元，首度突破三兆元大關，占GNP的二十九．九％，達歷年最高峰。如果再加上非營業基金和各縣市政府的負債，政府的總債務，更至少已經超過四兆七千多億元。

高債務的後果，就像一般家庭或公司過度舉債，導致每月一大份收入要先用來還債。九十二年度，中央政府的總預算當中，就有一五〇七億元要先用來償還利息，另編列四百億元償還本金，加上固定要支出的鉅額人事費、國防、社福等預算，根本沒錢推動新政務或重大建設刺激景氣，甚至可能如阿根廷因高赤字引發通貨膨脹。

另一被隱藏的危機是，政府本應編列更多預算盡速償還債務，因為九十二年度到期應償還的本金是二七〇〇多億元，但政府在九十年初修法，更改規定只要先償還到期的利息，本金則只要先還稅收的五%，也就是四百億元即可（不像八十九年還本付息一共支出三千億元），其他未償還部分可以展延，此債留後代的方式，即俗稱的「吃子孫」。

更令人擔心的是，朝野各黨在立法院還爭相提出討好選民的法案，陳水扁總統日前也提出要給予傳統產業免稅五年的優惠，使得早已寅吃卯糧的財政可能更進一步惡化。而最近備受矚目的金融重建基金，財政主管官員說可能需投入一兆五百億元，如果成真，全體國人每人將因此再增加四萬五千元的負債。

絕大多數國家都曾為高赤字和債務餘額所苦，在出兵波斯灣時支持度超過九成的前美國總統老布希，後來連任失敗，無法解決高赤字帶來的經濟蕭條是主因；相對之下，柯林頓連任成功，歸功於開源節流，成功舒緩赤字。而自九〇年代初期採取擴張性財政導致赤字攀升的日本，至今還走不出景氣衰退的陰霾。我國近幾年高赤字帶來的惡果也浮上檯面，如果無法及時大刀闊斧改革，不只可能成為陳水扁總統連任的致命傷，甚至將戕害國本，禍及子孫。

財政失衡篇

赤字連連
——千瘡百孔的政府大帳冊

依行政院所編之九十二年度中央政府總預算：歲入一兆三三四三億元（較九十一年度增加三四一億元，年增率二．六％）；歲出一兆五七二四億元（較九十一年度減少一八四億元，年增率負一．二％），占國民生產毛額比率由九十一年度十六．〇％降爲十五．二％。歲出歲入差二三八一億元（較九十一年度減少五二五億元，年增率負十八．一％），累積債務餘額將達三兆一〇二五億元，占前三年度名目GNP平均數的三十一．六％。

歲入有所增加，但查其項目，根本是勉強拼湊收入以求平衡。稅課部分如所得稅、證交稅、營業稅等多有超編虛列之情形。歲出則連續第三年呈負成長，其結構僵化，致使經濟發展支出比率下挫，僅占歲出十四．五％（九十一年度爲十八．四％），與政府「拚經濟」的重要施政目標相互違背。此外，人事費用比率仍然偏高，整體赤字擴大，債務餘額累積速度加速，政府財政極度吃緊。

爲彌平龐大的融資調度資金缺口，行政院擬發行公債二三五〇億元（九十一年度發行二四五〇億元）、移用以前年度歲計賸餘四九六億元（九十一年度移用一〇一一億元）。其中公債占預算總額（含眷村改建特別預算）十四・七％（九十一年度爲十四・六％），已瀕臨「公共債務法」規定十五％之舉債上限。

另外，歲計賸餘乃是長年累積的老本，供作應急之需。八十九年政權移交時，留下歲計賸餘二八〇〇億元備作國家之用。行政院在九十年度總預算即移用一二一二億元，決算審定後累積賸餘二九四五億元，扣除九十一年度再移用額度一〇一一億元，尚有一九三四億元。但其中大部分僅是虛列於帳上的抵稅資產（如土地、未上市股票、債權等），難以變現，遇有緊急重大支出之需時，國家將陷入危境。況且，九十年度決算時，歷年預算編列之釋股收入尚未出售，卻於該預算年度認列收入、虛增歲計賸餘、並保留至下年度列爲以前年度應收款者，高達六一四五億元。鑒於釋股實際上並未執行，故將以前年度浮列之歲計賸餘扣除後，反而有短缺三二〇〇億元尚待彌補，往後年度已無餘裕，如今九十二年度還要移用歲計賸餘四九六億元作爲融資財源，顯見政府已是技窮。

又我國政府累計債務餘額高達三兆一〇二五億元（此爲政府公布的官方數字，但經立委王鍾渝等人估算則達四兆七千多億元），已突破三兆元大關，占GNP二十九．九％，達歷年最高峰。九十至九十二年度債務餘額增加達七四五〇億元，平均每年增加二四八三億元；如以扣除歲計賸餘之淨債務餘額比較，則增幅更高。如此快速的債務成長速度，在洛桑管理學院的本項評比，列爲四十九國中之倒數第二名，導致我國國家競爭力由第十八名降爲第二十四名。

經常門收支概況

九十二年度經常收入爲一兆二七二五億元，較九十一年度增加六．八％，經常支出一兆二四九四億元，較九十一年度增加六．三％，經常收支賸餘爲二三二億元，較九十一年度增加六十九億元。

其中，九十二年度人事費用編列四二二七億元（九十一年度爲四二二三億元），占歲出比率達二十六．九％（九十一年爲二十六．五％）。然而精簡人事，推動政府組織再造乃國際潮流，也是政府信誓旦旦的政策目標，九十二年度人事費用占我國歲出比率不降反升，顯示政府撙節人事費用僅為口號。

經常支出為政府購置貨品、勞務利息、補助及其他移轉支出，並不能如資本支出可以創造財富。根據「預算法」第二十三條「政府經常收支應保持平衡，非因預算年度有異常情形，資本收入、公債與賒借收入及前年度歲計賸餘不得充經常支出之用。」是以，經常收支之賸餘可支應資本支出不足之財源，經常收支賸餘之減少，等同資本門之公共建設投資財源減少，勢必影響我國經濟發展。此一條文宣示了經常收支的平衡為政府財政的基本堅持，而經常收支情況更是觀察政府財政狀況的一項重要指標。

歷年來我國的經常收支均維持在有賸餘的狀態，八〇年代平均經常收支賸餘為一四四〇億元。但九十二年度預算案在彙編之初，即遭遇到重大的困難，甚至有經常帳收支差短數達三五二億元之譜。爾後雖努力尋找財源，實已反映政府財政之窘狀。

九十年經發會財金組共同意見的第一項，即為要求政府「推動財政改革，消除財政赤字，追求財政平衡」，同時要求「財政部應在立法院第五屆第一會期內，提送整套稅制改革計畫及相關法律修正案至立法院審議」。一年後的現在，決議成為具文，財政情勢沒有任何改善的跡象，從九十二年度預算書來看，未來的一年顯然也不可能有較好的結果。

融資調度

對於九十二年度整體赤字二八四六億元，行政院所採彌補方式為：發行公債二三五〇億元（九十一年度發行二四五〇億元公債），占預算總額（含眷村改建特別預算）十四‧七％（九十一年度為十四‧六％），已瀕臨「公共債務法」規定可舉債額度之十五％上限，但公債發行數額連赤字中之歲出歲入差短部分（二三八一億元）都無法彌平，須賴移用以前年度歲計賸餘四九六億元（九十一年度移用一〇一一億元）。

依「預算法」第四條所定之特種基金，其中營業基金所舉借之債務依國際規範應不予列入公共債務。信託基金係政府以受託人身分，依所定條件運作，故其債務亦不應納入公共債務範疇。至於其他各類特種基金（包括債務基金、作業基金、特別收入基金與資本計畫基金，統稱非營業基金），其設立均有特定之宗旨及責任歸屬，且均為獨立之財務個體，有其營運收入，或其他特定收入來源，如有舉債，原則應以具特定償債財源而得以自償者為限，將來不應由國庫償還，故亦不予計入公共債務未償餘額，至於未具自償性之舉債及負債餘額，則應計入公共債務之範圍內。

據此，九十一年一月十六日立法院已三讀通過「公共債務法部分條文修正案」，其修法重點包括：一、舉債額度之定義，修正為彌補歲入、歲出差短所舉借者，及債務基金舉新還舊以外之新增債務；二、中央政府所舉借之公共債務未償餘額預算數，不得超過行政院主計處預估之前三年國民生產毛額平均數之四〇%（此即債務存量之法定規範）；三、非營業基金不具自償性之債務，納入公共債務未償餘額計算；四、各級政府每年度舉債額度，維持占各該政府總預算及特別預算歲出總額之十五%（此即債務流量之法定規範）；五、九十一年度應以當年度稅課收入至少四%編列還本款項，九十二年度以後每年至少編列稅課收入五%以上用於償還債務。

「公共債務法」修正通過後，因債務基金舉新還舊可不列入舉債額度計算，債務基金將發揮功能，承擔債務還本業務，進行財務運作之相關業務。至於債務基金若舉借新債務，則須納入舉債額度計算，可防堵政府一再將超過舉債上限之債務轉入「債務基金」之中，藉以逃避法律的規範。

「公共債務法」修訂後，九十一年度政府應以當年度稅課收入至少四%編列還本款項。以九十一年度稅課收入法定預算數八七八五億元計算，至少應編列三五一億元用於償還債務，然政府卻以此為由，於追加減預算時，將總預算案原本所編列九九〇億元債務還本數，減列了四三五億，使九十一年度總預算所編債務還本數僅五五五億元，累積債務餘額進一步上升。另九十二年度稅課收入編列九二九八億元，按規定，九十二年度應至少編列稅課收入之五%，即四六五億元爲還本款項，而預算案編列到期債務還本款項，正好爲下限四六五億元，顯見政府缺乏多予還本以降低累積債務的能力與誠意。

受政府實施各項減稅效應影響，近年來中央政府總預算收支差短難以有效控制。加計籌措九二一震災災後重建與基隆河整體治理前期計畫特別預算，及擴大內需追加預算等資金，累積債務餘額不斷擴增，復以往年出售股票與3G執照等收入均已萎縮，九十二年度歲入財源成長極爲有限。又由於近年來政府經常收入漸趨困窘，但依法律義務必須編列之各項社會補助、福利津貼及利息補貼等經常支出持續增加，故經常收支甚難維持平衡。

赤字狀況

九十二年度中央政府總預算歲入、歲出差短高達二三八一億元，赤字占GNP達二．四%，遠高於OECD之一．七%、歐盟之一．一%、美國之一．二%。累積之債務餘額將達三兆一〇二五億元，占GNP的二十九．九%，已與美國之三十一．八%接近（加計基金負債），成爲高赤字、高債務國度。債務增加的速度，更在瑞士洛桑管理學院該項評比中，列爲四十九國中的第四十八名。政府背負著龐大的債務，其負擔及償還的金額不僅僵化預算結構，排擠其他正常支出，還將影響下一代子孫的福祉。

政府財務其實和家庭理財相通，同樣要量入爲出，避免寅吃卯糧，除非是絕對必要的緊急重大支出，亦即安全威脅、災難救助或基礎建設等，不應舉債過多，避免債台高築。

自民國七十九年至八十九年間，如不含台灣省政府之債務，中央政府債務餘額由一五六二億元增至一兆五四三六億元，平均債務餘額年增一三二一億元。但政權移交後至九十二年度止，債務餘額由一兆五四三六億元攀升至二兆二八八六億元（均扣除省債八一三九億元），三年增加債務七四五〇億元，平均債務餘額年增金額高達二四八三億元，政府債務累積的速度爲前十年平均的一．八八倍。如扣除歲計賸餘，則淨債務餘額的增幅更高。

如將中央納編台灣省政府之債務計入，自民國七十九年至八十九年間，債務餘額由三一七〇億元（含省債一六〇八億元），增至二兆三五七五億元（含省債八一三九億元），平均債務餘額年增一九四三億元；但政權移交後至九十二年度止，債務餘額由二兆三五七五億元攀升至三兆一〇二五億元，三年增加債務七四五〇億元，平均債務餘額年增金額高達二四八三億元，政府債務累積的速度爲前十年平均的一．二八倍。

附表一　七十六年度至九十年度中央政府財政收支餘（絀）及赤字比率表

單位：新台幣億元

年度	總預算餘（絀）	特別預算餘（絀）	餘(絀)總額 a	歲出總額 b 總預算	歲出總額 b 特別預算	歲出總額 b 合計	赤字比率% a／b
七十六年度	三九	（四〇）	（一）	四、〇七一	四〇	四、一一一	〇・〇
七十七年度	二六九	（一三六）	一三三	四、五五三	一三六	四、六六九	二・八
七十八年度	三四九	（一三〇）	二一九	五、二七三	一三〇	五、四〇三	四・一
七十九年度	六九八	（四八四）	二一五	六、三七二	五二八	六、九〇〇	三・一
八十年度	（一、〇四二）	（六一〇）	（一、六五二）	七、五九二	七一二	八、三〇四	（一九・九）
八十一年度	（二、〇一八）	（一、三五一）	（三、三六九）	九、〇七六	一、五一三	一〇、五八九	（三一・八）
八十二年度	（一、四四三）	（一、三〇一）	（二、七四四）	九、七八五	一、四八一	一一、二六六	（二四・四）
八十三年度	（七二三）	（七四一）	（一、四六四）	九、七二八	七四一	一〇、四六九	（一四・〇）
八十四年度	（二八三）	（一、五八四）	（一、八六七）	九、六五七	一、五八四	一一、二四一	（一六・六）
八十五年度	（八一）	（一、一九二）	（一、二七三）	一〇・〇四九	一、一九二	一一、二四一	（一一・三）
八十六年度	（二六二）	（一、六九一）	（一、九五三）	一〇、五一四	二、三三三	一二、八四七	（一五・二）
八十七年度	一、六八四	（六一四）	一、〇七〇	一〇、八三一	七三〇	一一、五六一	九・三
八十八年度	六四七	（一九六）	四五〇	一一、六四〇	一、四八七	一三、一二七	三・四
八十八下及八十九年度	（一、九九三）	一四九	（一、八四四）	二二、三〇一	一、四九五	二三、七九六	（七・七）
九十年度	（一、四二五）	（九六五）	（二、三九〇）	一五、六〇二	一、四二三	一七、〇二五	（一四・〇）

註：一、資料來源：九十一年四月行政院主計處統計報告。
二、七十六年度至八十九年度為決審數，九十年度為決算數，八十八下及八十九年度起含省府資料。
三、本表不含債務還本數。

單位：新台幣億元；%

公債及賒借			歲出及還本 (9)＝(3)＋(7)	債務依存度 (8)／(9)	債務餘額				
(8)	總預算	特別預算			含乙類公債之金額	不含乙類公債之金額（註4）	占當年度GNP %	占前三年度平均GNP %	實際數
642	512	130	5,622	11.4	1,910	1,660	4.4	5.4	1,882
452	8	444	7,260	6.2	2,012	1,562	3.7	4.5	1,540
1,111	996	115	8,757	12.7	2,669	2,169	4.7	5.7	2,162
3,450	2,387	1,063	10,980	31.4	5,679	4,590	8.8	10.9	3,920
2,928	1,628	1,300	11,792	24.8	8,002	6,738	11.7	14.4	5,942
1,823	1,082	741	10,983	16.6	9,166	7,768	12.3	15.0	7,671
2,382	751	1,631	11,551	20.6	11,036	9,710	14.2	16.9	8,795
2,150	958	1,192	12,043	17.9	12,266	10,998	14.8	17.5	9,603
2,746	1,173	1,573	13,851	19.8	13,853	12,585	15.6	18.3	11,366
1,096	499	597	12,600	8.7	13,848	12,643	14.4	17.0	12,307
732	566	166	14,293	5.1	13,354	12,149	13.2	15.0	12,176
1,473	1,277	196	17,905	8.2	22,311	21,106	22.9	26.1	20,683
4,708	4,661	47	25,926	18.2	24,780	23,575	24.0	26.4	24,071
3,742	2,758	984	18,260	20.5	28,080	27,055	27.9	28.8	26,409
2,484	2,450	34	16,934	14.7	30,009	29,016	29.1	30.1	-
2,473	2,350	123	16,600	14.9	32,018	31,025	29.9	31.6	-

四、配合91年2月6日修正公布之公共債務法規定，中央政府債務未償餘額不含自償性之乙類公債，但須加計營業基金、信託基金外之特種基金所舉借之非自償性債務。

附表二

中央政府財政狀況

年度	歲出規模				收支差短					債務還本		
	總預算(1)	特別預算(2)	總預算及特別預算		總預算差短數(4)	特別預算差短數(5)	總預算及特別預算			(7)	總預算	特別預算
			金額(3)=(1)+(2)	占GNP比率			金額(6)=(4)+(5)	歲出比率(6)／(3)	占GNP比率			
78	5,273	130	5,403	14.2	-349	130	-219	-4.1	-0.6	219	219	-
79	6,372	528	6,900	16.3	-698	484	-214	-3.1	-0.5	360	360	-
80	7,592	712	8,304	17.9	1,042	610	1,652	19.9	3.6	453	453	-
81	9,076	1,513	10,589	20.4	2,018	1,350	3,368	31.8	6.5	391	376	15
82	9,785	1,481	11,266	19.6	1,443	1,301	2,744	24.4	4.8	526	526	-
83	9,728	741	10,469	16.6	723	741	1,464	14.0	2.3	514	514	-
84	9,657	1,584	11,241	16.4	283	1,584	1,867	16.6	2.7	310	310	-
85	10,049	1,192	11,241	15.1	81	1,192	1,273	11.3	1.7	802	802	-
86	10,514	2,333	12,847	15.9	262	1,691	1,953	15.2	2.4	1,004	1,004	-
87	10,831	730	11,561	13.2	-1,684	614	-1,070	-9.3	-1.2	1,039	1,039	-
88	11,640	1,473	13,113	14.2	-647	183	-464	-3.5	-0.5	1,180	1,180	-
88A	14,566	1,712	16,278	17.7	-221	51	-170	-1.0	-0.2	1,627	1,294	333
88下及89	22,301	1,490	23,791	16.3	1,993	-154	1,839	7.7	1.3	2,135	1,934	201
90	15,597	1,441	17,038	17.6	1,425	984	2,409	14.1	2.5	1,222	1,222	0
91	15,908	472	16,380	16.4	2,906	34	2,940	17.9	2.9	555	555	0
92	15,724	411	16,135	15.6	2,381	123	2,504	15.5	2.4	465	465	0

註：一、「收支差短數」欄內，負號表示當年度產生收支賸餘數。

二、78至90年度（含追加減預算）爲審定決算數；88A年度係加計台灣省政府決算資料；91年度爲法定預算數（含追加減預算案數），92年度爲預算案數（均包括老舊眷村改建及基隆河整體治理計畫特別預算）；各年度歲出均未含債務還本數。

三、90年度債務餘額含糧食平準基金債務餘額改列公務預算932億元及九二一震災特別預算992億元，並扣除原興建北二高特別預算（現列交通建設基金）債務還本180億元。

美國歷年預算赤字與結餘情形表

附表三　　　　單位：百萬美元：%

年　度	歲　入	歲　出	結餘或赤字(一)	赤字占GDP比重
1940	6,548	9,468	-2,920	-3.0
1950	39,443	42,562	-3,119	-1.1
1960	92,492	92,191	301	0.1
1970	192,807	195,649	-2.842	-0.3
1980	517,112	590,947	-73,835	-2.7
1990	1,031,969	1,253,198	-221,229	-3.9
1992	1,091,279	1,381,684	-290,404	-4.7
1996	1,453,062	1,560,572	-107,510	-1.4
1998	1,721,798	1,652,611	69,187	0.8
2000	1,956,252	1,789,562	166,690	1.7

Source: Office of Management and Budget, U.S.A.

債台錢坑
——全國每人平均負債二十萬元

依照立委王鍾渝等人長達半年的調查統計，政府總債務（包括各級政府、非營業基金等）已經超過四兆七千七百多億元，二千三百萬民眾，每人平均負債二十萬元。實際上已經違反國家債務餘額法定上限，九十二年度根本不能再違法增加新債務。而金融重建基金如果眞的投入一兆五百億元，則全體國人每人將因此增加四萬五千元的負債。

以我國國民生產毛額平均值約九兆八千六百億元，現在國家總負債已達其四十八．四四％，中央政府部分也達四十一．九七％，直逼高債務國家之列，而且最近幾年增加速度驚人，在全世界更屬罕見。

債台高築的惡果，已經導致政府每年支出的經費中，每一百元有十七元要先用來還債，排擠部分重要政務無法推動。甚至連最近景氣低迷，政府都無力增加公共建設刺激景氣，也無法提供民眾更多就業機會。更令人擔心的是，不只看不到政府有弭平赤字的決心，還越借越多。

而朝野立委最近對於如何動支國債付息的程序問題吵翻天，卻忽略了政府龐大債務利息所造成的政務排擠效應。行政院在九十一年度追加減預算中編列的四九四億國債付息預算中，竟然有十八億元是九十年度無力償債所增加的利息支出。另外，爲彌補追加減預算的收支短差缺口，政府展延到期債務因而增加的利息支出，九十二年至少高達八十億元；而健保財務缺口也不過才二百億。

立法院當初修改公債法，擴大政府舉債空間，例如舉新還舊不計當年舉債額度，非營業基金舉債不計舉債額度等。不過，從九十年度追加減預算來看，因而增加的國債利息支出，相當程度地排擠其他政事支出。

因爲立委已提案建請刪除政府違法展延三三四億元債務的十八億元利息費用。行政院未來勢必得從其他的政事支出中調度財源。行政院在九十年度總預算中原編「國債付息」支出爲六五七億元，但因兩院協議刪除，遂展延了部分到期國庫券，將六十二億元利息，留到九十二年再付。同時，行政院也減少四三五億元的債務還本支出（因而少發行一百億公債），但九十二年同樣得多編利息支付。

由於公債法修正後，政府舉新債還舊債不計入當年舉債額度，政府即使在九十一年度追加減預算中減列債務還本金額，最多只是使債留子孫的負擔更加沉重，「只有道德問題，沒有法律問題」。但在公債法修正前，政府在九十年度總預算承諾還本的三三四億元省債借款，卻未兌現，以至於增加十八億利息支出，必須於九十一年度追加減預算中增編，則有明顯的行政疏失。

另外，根據行政院統計，正在立法院待審，且涉及龐大經費支出的法案多達十四個，每個法案一通過，國庫便要增加數十億到上兆支出，總共所需經費高達四兆五千億。這十四項被行政院稱爲有「錢坑」法案性質的法律案包括：

一、「私有既成道路徵收補償處理條例草案」，所需經費三兆四千億元，草案明文規定，政府必須在十五年內完成徵收，三兆四千億係依據一九九六年土地公告現值加四成計算。

二、「離島建設條例部分條文修正案」，如照案通過，預估貨物稅將減徵一五四億元、營業稅九億元，並可能誘使高單價商品移往離島交易，所擴大稅收損失難以計算。

三、「法律扶助法草案」，由司法院編列基金一百億元提供弱勢民眾的法律服務，基金規模未達百億元時，司法院每年必須編列四至五億元，挹注孳息的不足。

四、「冤獄賠償法修正案」，擴大冤獄賠償適用範圍，將依軍事審判法、少年事件處理法或檢肅流氓條例所致冤獄納入。所需預算尚難估算，惟近二年每年冤獄賠償約十二億元。

五、「九二一震災重建暫行條例修正草案」，至少約一三〇億元，還不包括政府代墊社區重建工程款，再為災民代位求償，無法取回款項所發生的經費支出。

六、「八二三戰役參戰官兵晚年生活照顧特別條例草案」，第一年需編列五十四億元，以後每年需五十二億元。

七、「陸海空軍軍官士官服役條例修正案」，所需經費約九十億至一四六億元，不連同一次退休公務員援引比照，將另增加四一七億元。

八、「交通部郵電事業人員退休撫卹條例草案」，每年增加退撫經費二十一億二千三百萬元。

九、「公教人員退休金其他現金給與補發條例草案」，增加支出一兆元。

十、「社會福利基本法草案」，每年增加三三一七三億元。

十一、「勞工保險條例部分條文修正草案」版本之一，調高生育給付、老年給付、被保險人因職災死亡的喪葬津貼、被保險人因職業傷害或罹患職業病增加給付，每年約增加一〇八億一千萬元。

十二、「勞工保險條例部分條文修正草案」版本之二，每年增加一二一億六千萬元。

十三、「中華民國敵後受難歸來國軍官兵處理及補償條例草案」，財產損失賠償暫不計列，即需經費近三百億元。另有比照效應，一旦通過實施，包括滯留泰緬與越南前國軍、東海部隊等，都可能要求援引。

十四、「敬老福利津貼暫行條例」，共有四種版本，每年增加四五一億元。

其他還有不少被外界忽視的財政黑洞，像九年一貫課程與多元入學方案新制實施後，基層教師申請退休的人數往上竄升，地方政府卻無力支付龐大的退休金，導致每年均有大批教師想退卻退不得。教育部以目前各縣市國中小學教師申退案件估計，政府每年至少應支出一千億元，才能使每位想退休的老師都如願以償，但教育部長黃榮村對未來中央政府全數編列這筆經費的可行性卻十分保留，使得教師退休問題短期內恐難以解決。

民進黨立委沈富雄更提出一份由退輔基金管理委員會的精算報告顯示，以目前公務員每年薪資提撥率百分之八點八的費率計算，公務員退輔基金將於九十九年度出現收支不足現象，五十年後，政府累積的公務員退撫支出負債將高達四兆五千億元，扣除通膨率，相當於現在的一兆多元，幾乎等於虧掉一年的中央政府歲出預算。

除了公務員退撫金提撥率不足外，沈富雄表示，如果再加上軍人及教職員的退撫需求，五十年後的政府退撫支出將製造出一個高達十四點四兆元的財務大黑洞，換算目前的幣值達五兆元，潛在危機相當嚴重。他說，到民國一百四十年時，台灣人口總數將減少到二千一百九十萬人，屆時平均每一點六個青壯年須供養一名老人，而平均每人負擔的軍公教退撫基金債務也有一百三十八萬元，難怪現在的民眾都不想生小孩，因爲從上面的債務負擔顯示，「不生小孩是對的，因爲現在的政府是沒良心的」。

根據沈富雄統計，即便將公務員退休金提撥率由現行的八．八%提高至十二%，在五十年後仍將出現一兆八千多億元的虧損，而軍教人員的部份則分別將出現二兆三千億元以及四兆二千多億元的虧損。

主審人事行政局預算的立法院法制委員會也通過決議，要求銓敘部與人事行政局應於第五屆第二會期會期內提出公務人員退休法第六條及第八條修正草案，規定退輔基金之提撥費率應依年度收支平衡原則強制訂定，並降低公務人員退休金之所得替代率，以挽救日漸嚴重之公務人員退輔基金財務危機。但人事局發言人，主祕吳三靈指出，公務員已多年未調薪，提高提撥率，將是變相減薪，而若提高政府負擔的部分，也將造成納稅人的負擔。

審議無力
——打游擊戰的跛腳審查

二百四十多本中央政府各單位預算書，三十多本非營業循環基金，外加二十九個國營事業單位預算書，「書滿爲患」擠得許多立委辦公室連走路都有困難，有些立委說「別說看不懂，光是要翻一遍就要幾十天」；偏偏其中不只總金額高達近四兆（含國營事業二兆多、非營業循環基金一千億元），編列方式更是雜亂無章，恰如一由錢堆成的迷宮。

在只能亂槍打鳥的困境下，每年度中央政府總預算審查期間，立法院每天熱鬧如菜市場，但吵的多數仍是幾年來的舊戲碼（有時候甚至連演員也沒換），等到院會最後審查階段，大概也難脫各黨動員包裹表決，甚至朝野大打出手的精采重播。

立委們「大」到把監察院預算砍得一毛不剩，「小」到追問立院某單位印出來的電腦報表怎麼會有紫微斗數的資料？大小通吃，最後卻像「焦距」總是調不準的相機，連立委們也不知道自己到底拍了什麼東西？

所以導致上述諸多亂象，甚至年復一年，一大主因是我國雖然已經解嚴，但總預算的審查卻遲遲仍未解嚴，不只行政院的編列方式和解嚴前如出一轍，更未給「工欲善其事必先利其器」的立法院應有的權限和專業幕僚，而立委們竟也逆來順受，自甘淪落爲只是幫行政院「財務需求報告」，甚至是爲錯誤決策蓋章的背書者。

在先進國家，爲了審查本來就相當艱辛、浩瀚的總預算，許多國會都設有「預算局」和「決算局」，當行政院部門的預算書送到國會，由專業幕僚組成的「預算局」幫國會議員診斷並提出建議，堪稱預算審查制度中幫國會議員判斷，甚至是主導思考的「腦袋」；「決算局」則負責監督預算執行成效，是國會議員的「眼睛」。而預算和決算兩者間又可相輔相成，因爲從決算中了解各項施政的成效，也就是「眼睛」看到的，正是預算審查中應否支持該預算的主要依據。

相較之下，身爲幫老百姓看緊荷包的立法院，至今卻仍只有預算中心少數成員可以扮演預算幕僚的角色，對爭取足夠的專業人員漠不關心，至於對要求決算權和預算權合而爲一，更以牽涉修憲爲由一再拖延，似乎事不關己。

如果，此無「眼睛」可監督，又無「腦袋」幫忙思考的跛腳預算審查制度一天不解決，加上行政院每年送到立法院的預算書根本是還停留在未系統化的data（資料）階段，和先進國家把預算書系統化整理，更電腦化爲information（資訊）不同，則遑論目前立委的專業和付出仍待加強，在上述諸多制度面問題不解決的情況下，每年的預算審查恐怕只是在叢林中拿顯微鏡打游擊戰。

平心而論，審計部的審核報告在近幾年有了長足的進步，特別是一改以往與人爲善的態度，轉變爲據實敢言，不少審核報告都能切中要害。可是，立委們重預算、輕決算的心態一直沒修正；而行政院對於審計部發掘的問題，更幾乎是當成馬耳東風。最明顯的例子是，連續幾年來，審計部對於預算執行能力未及百分之八十的機關，依預算條例規定，送請行政院議處，可是，除了已過世的國道高速公路局長王振芳等極少數個案之外，均被行政院以「遭不可抗力之特殊因素」等爲由，免予議處。

由於立法院只能審議審計部提出的決算審核報告，而審計長依決算法第二十六條規定編造的總決算最終審定數額表，也是由監察院咨請總統公告，立法院根本沒有實質審核決算權力，日積月累，終於導致立委們極少專注於決算上。相對的，審計部在沒有議處權限，依法只能通知各機關長官，或呈請監察院核辦下，也成了有口無牙的紙老虎。

九十一年十月間，更發生審計長蘇振平與當時的行政院主計長林全聯名宴請立院預算委員會的風波，就審計部負責審核決算的職責，與被監督機關首長一起邀宴審查預算的立委，確實有所不當，也引起立委譁然，還好兩位首長最後從善如流取消宴客。

根本解決之道，應是早日仿照歐美國會，將我國目前分屬立法、監察兩院的預算、決算權，由割裂合而爲一。而在修憲完成此先進國家早已行之多年的體制之前，對於審計部每年提出的決算審核報告，立法、行政兩院實不宜再小覷；審計部也應重新檢討自己定位，除了不應只提出報告就算交差了事，更不能混淆自己與主計處間的關係，才有可能扮演好幫一般民眾看緊荷包的功能。

預算審查制度的專業化

除了將預算、決算權合而爲一，目前雜亂無章的預算審查制度也亟待大刀闊斧的修正。舉其大者，至少包括：一、審查時間過於緊迫，總預算的編列又過於龐雜；二、委員會的專業未受到重視，全院聯席會和院會淪爲翻案大會；三、預算中心現有預算專業人員人數不夠，而且未受到應有的重視。極其諷刺的是，此三大結構性問題都是立委們舉手投足之間，就可以改正的，但立委們或基於因循苟且，甚至別有用心，一年拖過一年，導致每年預算審查淪為菜市場漫天喊價。

中央政府總預算書每年送到立法院的時間是八月底，立法院在九月底舉行預算總質詢後，旋即展開分組審查。依憲法規定，必須在十一月底以前三讀完成公務預算、特別預算和非營業循環基金預算，之後立法院再快馬加鞭以一個月時間完成營業預算審查的工作。其中，中央政府公務預算共有二百四十二個單位總歲出、歲入規模超過一兆五千萬元；非營業循環基金有三十五個單位，一年作業收入、支出超過一千億元；國營事業有二十九個單位，一年營業總收入超過兩兆。如此龐雜的預算，要立委們在短短兩、三個月內消化，本來就不容易。更嚴重的是，行政院對預算書的編列未盡管核之責，許多項目雜亂無章，例如首長薪資未制度化，出國預算的理由、人次、地點各機關編列不一，造成審查上諸多困擾。在先進國家，不只把預算詳細地分門別類，更透過電腦化，將各單位同一科目的預算系統化整理，提供國會議員審議之用。可是行政院卻遲至今日仍要立委們土法煉鋼，耗費大批人力一本一本預算書捉資料。

解決之道，立法院應可以要求行政院把預算書送抵立法院的時間提前，而且要求主計處提供各預算項目系統化的資料，包括已系統整理過的電子檔案，像每年各機關派多少公務員出國？到哪裡？目的是什麼？花多少錢？甚至回國後是否提出考察或開會報告？對該機關業務有何幫助？都應提供立委經過整理後的完整「資訊」，而非雜亂無章的「資料」，不然，立委根本無力瞭解政府各項支出的眞相。

至於立法院目前採行的委員會、全院聯席會、院會三審制，不只是全院聯席會的參與成員、功能和院會完全重疊，浪費了本來就已經不夠的寶貴時間，而且更成了翻案大會，政黨角力頻仍，抹煞了立委們在委員會辛勤的努力，更扼殺了委員會應有的專業地位，而全院聯席本身也成了朝野衝擊的火藥庫。

如果立委們能將三審制改爲二審制，取消全院聯席會，將其時間平均分給委員會及院會，則不只可以改善長久來，許多委員會因時間不夠，審不完預算的缺失，在院會審查階段，也可以有更多時間供政黨辯論及處理爭議性問題。

另外，立委們無法深入了解總預算的一大主因是缺乏專業的預算幕僚襄助。在歐美等先進國家，除了有健全的助理制度，國會更有預算局、審計局等強大幕僚機構支援。可是我立法院遲至今日，仍只有預算中心十多位成員。

修正立法院組織法，賦予成立層級更高、員額更多的預算局的法源依據已刻不容緩。因爲預算局一天不成立，立委們對總預算的審查，就不可能眞正地邁入專業化、系統化，年年宛如在叢林中打游擊戰的狀況也將永遠持續下去。

另外，一個值得注意的總預算審議問題。當九十一年度中央政府總預算案審查通過時，曾做成主決議：歲出及歲入兩部分，分別刪減八〇五億元。其中歲出方面刪減之一二〇億元爲指定刪減項目，其餘六八五億元由行政院減列同額歲出，科目自行調整，但不得以融資性財源彌補。然而在總統府公布總預算的期限內，行政院並未依決議刪減歲出，遂引發行政與立法權力制衡的憲政爭議。

此項總預算之爭議，在朝野不斷地協商下，最後於九十一年三月底以業務費刪減十五億元、第二預備金刪減十三億元以及債務利息刪減六五七億元之決議落幕，但此時幾乎已過了年度的四分之一，也就是說九十一年我國各行政機關的政事運作，有四分之一的時間處於無預算執行法定根據的蠻荒狀態。

就憲政體制而言，若立法院三讀通過之法案或預算案，行政院認爲其窒礙難行，必須在法定期間內提出覆議案，否則必須遵照執行，這也是行政院向立法院負責的民意政治與責任政治。但行政院不僅未在法定期間內向立法院提出預算覆議案，也不刪減歲出以平衡預算，甚至表示刪減歲出只能以刪減公務員薪資因應。這種作法，不但損及民主政治的精神，挑戰我國預算制度，更引起了行政與立法之間的緊張對立，影響日後無數法案的推動，政府須記取教訓。

執行不力
──挪用學童營養午餐的經費

當前政府總預算的問題中，更有兩大非常嚴重，卻又常被忽視的問題：執行不力與不當挪用。特別是九二一重建進度嚴重落後，愧對災民；而不當挪用中，不只攸關核能安全的核能後端基金遭挪用，就連學童的營養午餐都被挪用或墊借，顯示政府財政紀律嚴重敗壞。

在執行不力部分，處處可見其影響民眾權益與排擠其他政務的推動，例如：

一、歲出保留款偏高

九十年度決算審核報告書中清楚指出，去年政府歲出保留款金額高達一四五二億元，占總預算八・八七%，居前五個年度之冠。其中營繕工程及財務購置保留款達一一二三億元，占全部保留款的七十七・四%。

顯示政府採購預算未能按計畫進度覈實編列，預算執行效率不彰，且排擠其他預算需求，影響國家整體資源的有效運用。

二、社會福利執行不力

審計部九十年度決算報告指出，九十年度預算中的社會行政業務賸餘三十三・○四%，社會福利服務業務賸餘四一・○一%，社會救助業務賸餘二十二・四六%，社會福利設施管理與建設賸餘七・二二%；繳回國庫的社福預算共計十八・三億元。

多項社會福利決算賸餘比率異常升高，代表政府預算編列浮濫在前，執行不力於後。

三、九二一重建進度嚴重落後

根據「九二一震災災後重建推動委員會」的報告，重建公共建設列管計畫實際進度已達六十六%，發包率為七十八・九%，完工率五十八・六%，惟九十年度第一期特別預算仍有三十五件未發包。在已完成驗收的工程中，竟然包括沒有門牆，只有屋頂而已的建築，根本無法使用，可見監督者心態只求數字的美化，根本不顧及當地居民的權益，資源形同浪費。

另外，南投縣竟有包括草屯鎮公所在內的九個公共建築，到現在還沒有發包出去，連同九十一年七月三十一日才開工的南投縣警察局、埔里分局在內，總工程費八億四千五百萬元。與公務執行人員最密切相關的鄉鎮公所、消防隊、稅捐處，在經費挪用之下至今都未能重建，民間重建進度陷入停擺則可想見。又立法院重建監督小組指出，社區重建基金有高達七〇%的經費是用在政府宣揚重建績效與逐月業務宣導費用方面。

可見九二一重建效率不彰，無非是國家重建經費遭到行政部門濫用所致，但政府卻未追究數千億政府預算、民間善款去向，一則凸顯預算執行之不力，一則浪擲人民所繳納的稅金。

四、永續就業工程弊端

永續就業工程原是勞委會爲減少失業人口所實施的臨時雇工方案，由地方政府雇工、中央支付工資，但是這樣的美意，實施起來卻變了調，龐大的就業輔助金，成了各地方政府眼中的「福利大餅」，在缺乏有效的監督機制下，遭到濫用，形同變相綁樁。利用人頭領取補助金，人頭員工幾乎多是村里長的太太、子女或親友；亦有縣議員服務處員工列名用以作爲綁樁酬庸；甚至連在精神病院接受治療的病患也都在村里長或民意代表的「推薦書」名單內。此一政策的制訂並不周延，加上人謀不臧，以至於弊端叢生。

在不當挪用部分，更令人驚心動魄，舉其大者如：

一、核能後端基金非法挪用

核能後端基金屬於非營業基金，根據預算法第四條之規定，非營業基金有其專款專用的性質。核能後端基金的收入來源，爲核能發電廠從每發一度電的收入中，提撥某比率金額至該基金。而其主要的用途，則是將來核能除役之後，用來處理核廢料所需資金。因此其屬於目前定期累積資金，未來才會實現支用的基金。也因爲核能後端基金的主要支出是在未來，導致它變成其他基金覬覦的對象。

九十一年一月，立法委員查出，行政院核准經濟部以核能發電後端營運基金之九十億元貸墊予中船，十六億元予中興紙業與台機公司作爲其員工「年資結算金」，總計挪用一〇六億元，並在三月十四日才修正核能基金運用辦法。政府挪用在先，再修法令在後。此舉顯示政府亦認爲動用核能後端基金是不合法的，所以才要修改辦法。明知其不可而爲之，是負責任政府不應有的作爲。

二、墊借營養午餐補助經費

該補助經費原編於教育部，並由教育部核撥給各縣市。但教育部卻難以監督地方是否專款專用，九十一年度始改爲由中央政府統籌分配分撥，項目仍是指定用途。中央監管之後，管理仍未竟功。九十一年度中央政府編列七億元的國中、小學營養午餐補助經費，並未全數專款專用，遭挪用或墊借情況相當嚴重，甚至用來購買校長室內設備、數位相機，或用作奠儀、春節聯歡摸彩禮品、警衛薪資。地方政府的財政紀律，在此亦亮起紅燈。

三、移用國統會經費

自陳水扁總統上任後，國家統一委員會之運作幾近停擺，兩年來從未重新召開，然而九十二年度預算書中顯示，國統會預算仍舊編列六百一十七萬餘元，同時根據總統府之說明，因國統會未奉示改組及舉行相關會議，爲因應國家人權紀念館籌設處設立需要，九十年度國統會經費即「暫用」至國家人權紀念館籌備處相關經費，由此可窺見政府預算誤用之端倪。

九十年立法院審查總統府預算時，即爲防止國統會預算遭移用作出決議，規定編列於「國家發展研究及諮詢」科目下之國統會經費，應全數支應國統會運作需要，如今總統府業已公然違反立法院決議。國統會缺乏運作之實，即應裁撤，若仍於科目下編列預算卻未執行，甚至將預算移往他用，實已漠視國家預算制度之綱紀。

支出不當篇

結構僵化
——挑戰二〇〇八計畫令人擔憂

政府歲出原係調節景氣的重要工具。在景氣過熱時，以縮減政府支出來冷卻，在不景氣時，政府則應增加歲出，以資挽救。然九十二年度因中央政府財政極度困窘，歲出沒有成長空間，僅能編列一兆五七二四億元，較上年度減少一．二％，造成政府消費和政府投資雙雙萎縮。

若採相同基礎，即分別扣除彌補國安基金虧損作比較，九十二年度實際歲出約增加一五八億元或一％。行政院聲稱主要係用以支應科技發展及公共建設所需，然按政事別科目分析，教育科學文化支出與社會福利支出才是九十二年度歲出組成的最大宗，占歲出比重分別高達十九％與十八．三％，較九十一年度分別增加八．五％與七．七％，而經濟發展支出反倒減少二十二・二％，顯見行政院所言有相互矛盾之處。

其依法律義務須編列之重大支出計有人事費四二二七億元、債務付息一五〇七億元、社會保險補助一六五四億元、社會福利津貼及補助七七六億元、對各級公私立學校教育補助八七三億元、對地方政府補助一三五七億元，合共一兆九五八億元，占歲出預算比率高達七〇％，僅有三〇％可自由規畫應用，歲出結構僵化情形嚴重。

一、政事別支出

九十二年度一般政務支出核列一六五七億元，較九十一年度減少一・四％，占歲出比率一〇・五％。國防支出核列二三二二億元，較九十一年度增加一・八％，占歲出比率為十四・七％。其餘政事別支出分析如下：

（一）教育科學文化支出

按主要歲出政事別科目分析，九十二年度教育科學文化支出核列二九八四億元，較九十一年度增加二三三億元或八・五％，占歲出比率由九十一年度之十七・三％提高為十九·〇%，居各政事別支出比重之首。其中，教育支出爲一八八一億元，較九十一年度增加一·二%；科學支出方面，達九〇二億，比九十一年度增加二十六·一%；文化支出爲二〇一億元，較九十一年度增加十二·五%。

中央教育經費雖然微幅增加，但各級教育單位所能分得之資源不足，教改政策恐將成爲口號。以高等教育支出爲例，九十二年度編列六一七億元，較九十一年度減少二億六千萬元，大專院校數卻在增加中，民國九十年我國已有一百五十所大學院校，平均每所分配到的預算減少，對整體教育品質的貢獻受限。更值得注意者，中央對台灣省各縣市之教育補助款，應要求各縣市專款專用，並加強督導考核，避免再度發生諸如九十一年營養午餐補助經費遭墊借之問題。

另外，九十年七月初召開之教育經費基準委員會決議，教職員退撫經費將列入教育總經費額度計算，此爲當年首開先例，主要理由是目前國家整體財政困窘，難以再另編經費支應。然而，沉重的退撫經費必將會排擠教育興革工作的經費，政府須審慎爲之。

又九十二年度政府投入科技研發經費規模（不含國防科技部分）六二四億元，較九十一年度相同基礎之經費成長十一·三%。雖然科技發展支出成長率不低，但其總數僅占歲出四·〇%，約占GNP之〇·六%，若要建設我國爲科技化國家，數額仍然偏低。

由上述，教科文支出雖居歲出政事之首，占歲出比率亦較九十一年度小幅增加，然按其分配可知，增加數額多數用於科學發展支出，亦即資源之運用集中於菁英階層，未能惠及一般普羅大眾教育的提升。教育工作需從根紮起，忽略了基礎教育的重要性，人力資源結構恐將失衡，不利國家永續發展。

（二）經濟發展支出

九十二年度經濟發展支出核列二二八二億元，較九十一年度減少六五三億元，負成長達二十二・二%，占歲出比率由九十一年度之十八・四%降爲十四・五%。

雖行政院宣稱，若將九十一年度追加台北捷運等相關建設經費二五五億元、彌補國安基金虧損核實減列數三四一億元，及屬於「無繼續性支出」包括撥充公營事業民營化基金五十億元、投資台灣鐵路管理局增添客車後續計畫十四億元，以及農業委員會辦理災區復建工程六億元等，予以扣除不計，則增加十三億元。且連同基隆河整體治理計畫特別預算分配九十二年度執行數一二三億元，予以併計，扣除九十一年度執行數三十四億元，經濟發展支出較九十一年度增加一〇二億元。

但行政院卻未將九十二年度之「無繼續性支出」臚列，並自經濟發展支出中予以扣除後，再與九十一年度比較，顯然比較基礎不同，實有誤導之嫌。

(三) 社會福利支出

九十二年度社會福利預算核列二八七六億元，較九十一年度增加二〇五億元，成長達七・七％，占歲出比率由九十一年度之十六・八％提高至十八・三％，居九十二年度所有政事別之第二位。依據歐美工業國家長期推展社會福利的經驗，社會福利支出具有「易放難收」之特質，若未加以通盤審慎規畫，常有不當浪費的無效率情事發生，導致社會福利支出不斷大幅成長，人民的邊際福祉不見得同額增長，此爲歐美工業國家政府支出不斷擴張的主因，也往往因此政府累積龐大的債務。我國由於經濟發展程度較歐美工業國家稍晚，社會福利支出規模也相對較小，然而增加的速度卻相當快速，由八十三年度至九十年度，社會福利預算增加二・三倍，然而社會亟需救助者如失業、衰病、遭逢意外者，並未受到足夠的照拂，否則自殺率也不會在一年之間上升十二・五五％。

況且審計部九十年度決算報告指出，九十年度預算中的社會行政業務賸餘三十三・〇四％，社會福利服務業務賸餘四十一・〇一％，社會救助業務賸餘二十二・四六％，社會福利設施管理與建設賸餘七・二二％；繳回國庫的社福預算共計十八・三億元。多項社會福利決算賸餘比率異常升高，代表政府預算編列浮濫在前，執行不力於後。為避免重蹈歐美國家覆轍，政府應設計規畫一良好的社會福利制度，將錢花在刀口上，並確實執行，舒緩社會問題，且不致成為政府過度沉重的財政負擔。

（四）社區發展環境保護支出

九十二年度社區發展及環境保護支出核列二三六億元，較九十一年度減少二．八%，占歲出比率維持一．五%。

（五）退休撫卹支出

九十二年度退休撫卹支出編列一三〇六億元，較九十一年度減少二．一%，占歲出八．三%。因股市重挫，政府不僅以國安基金護盤，連勞工退休基金與公務人員退休撫卹基金等四大基金都奉命下場護盤，蒙受鉅額損失。四大基金的虧損，依法必須由國庫承擔，然而國庫有無能力負擔令人質疑，但此已對公教及勞工長遠的保障構成威脅，並損及全國納稅人的血汗錢。

（六）債務支出

九十二年度債務支出編列一五〇七億元，雖較九十一年度減少一・三％，占歲出比率仍維持九・六％。況且我國九十二年累計債務餘額高達三兆一〇二五億元，占GNP比率爲二十九・九％，儼然往高債務國家方向前進，政府應急思解決債務之辦法。

（七）一般補助及其他支出

九十二年度一般補助及其他支出核列五六五億元，較九十一年度增加二・七％，占歲出比率爲三・六％。

因景氣不佳，九十二年度地方稅收預計情形不佳，財政缺口擴大，需仰賴中央挹注，成爲中央的一大負擔。政府應盡速建立地方財政自主機制，並督促其開闢自主性財源，以減少中央每年補助地方之款項，減輕中央財政壓力。

二、配合當前施政重點支出

行政院自九十一年度開始實施中程計畫預算作業制度，惟九十二年度因歲入財源仍然不足，歲出結構亦呈現僵化現象，使整體歲出的安排更顯困難。爲促進資源有效運用並維持經常收支平衡，九十二年度係依零基預算精神，調整各項計畫之優先順序。除應履行法律義務所必須之重大支出外，配合當前施政重點所需支出，以「挑戰二〇〇八國家發展重點計畫」最受矚目。

挑戰二〇〇八國家發展重點計畫預估總經費高達二兆六五四四億元，其中約三分之一屬民間投資參與部分，估計約九二二一億元；其餘則由政府編列預算支出，估計六年間由中央公務預算支應約一兆二七三五億元，地方公務預算支應一一六四億元，特種基金支應三四二五億元。

九十一年度已辦理追加預算二一一億元，九十二年度共編列一四八三億元，其中公務預算部分核列一二〇五億元，包括公共建設計畫八七九億元，科技發展計畫二四三億元，社會發展計畫二十七億元及基本需求五十七億元。另營業基金及非營業基金亦分別核列七十五億元及二〇三億元。

有鑑於政府過去在重大建設預算執行上，往往效率不彰，因此該項金額龐大的國家發展重點計畫是否可行，值得評估，預算編列應切符預期進度。根據監察院九十年度中央政府總決算審核報告，歲出保留款金額高達一四五二億元，占總預算八・八七％，居前五個年度之冠。其中營繕工程及財務購置保留款達一一二三億元，占全部保留款的七十七・四％，顯示政府採購預算未能按計畫進度覈實編列，預算執行效率不彰，且將排擠其他預算需求，影響國家整體資源的有效運用。

再者，依據九十年度中央政府九二一震災災後重建第一期及第二期特別決算審核報告，立法院在九十年四月通過的九二一震災重建特別預算七二七億元，行政院的執行率只有兩成，原列四十項工作計畫，決算時已執行完成者僅四項。提供災民重建家園所需的一千億元低利融資，只貸出四五六億元，二萬七千戶受惠，執行率未達五成。而九十年底行政院又再追加的二七二億元第二期特別預算，四十六項工作全部未及執行。

即使根據「九二一震災災後重建推動委員會」九十一年八月二十二日向行政院所提報告，重建公共建設列管計畫實際進度達六十六％，發包率爲七十八・九％，完工率五十八・六％，但九十年度第一期特別預算仍有三十五件未發包。

事實上，預算編列的第一要件在於執行的可行性，而可行性必須考量的因素至少包括計畫完善度、預算執行效率與財源籌措的適足性。以政府目前預算支用率偏低，執行效率低落的狀況而言，挑戰二〇〇八計畫的可行性令人擔憂，況且計畫倉促擬就，必須提高其完善度。

再就財源籌措的適足性觀之，挑戰二〇〇八國家發展重點計畫，近五成的財務負擔落在中央政府的公務預算。但依據審計部九十年度中央政府總決算審核報告，受政府各項租稅減免優惠措施影響，中央政府賦稅收入占政府支出比率，已由民國七〇年代高於七〇％以上，陡降至六〇％以下，賦稅收入已無法充分支應各項施政所需，產生鉅額歲入、歲出間的短差，導致政府必須仰賴持續發行公債及賒借方式籌措財源，累積未償的債務餘額逐年向上攀升，挑戰二〇〇八國家發展重點計畫到哪籌措額外增加的資本支出，令人不禁要打一個大問號。

揩油奇譚

——公務車每天耗油可繞地球一〇四圈

要檢視政府到底有沒有浪費人民納稅錢，從公務車的耗油量可以得到清楚的答案。因爲公務車「揩油」量驚人，平均一天的耗油就可以繞行地球一百零四圈。而且，行政院已經下令必須以「油摺」取代「油票」，以杜絕浮報或虛報用油，竟有超過半數以上的學校機關未遵照辦理。

根據審計部的決算書顯示，九十年各級政府公務車（還不包括用油大戶國防部在內）耗油爲一億六千九百三十萬三千公升的汽、柴油。以一公升的油料大約跑九公里，我國公務車光在去年就跑了十五億二千三百七十四萬多公里。

這樣離譜的事連執政黨立委也看不下去，湯火聖、蘇治芬等立委說，以繞行地球一圈約四萬零八公里計算，去年各機關公務車等於跑了地球三萬八千多圈，進一步換算，等於一天就要繞行地球一百零四圈，耗油量簡直可以列入金氏記錄，他們要求九十二年公務車的油料費應刪減五〇％。

熟稔內情的官員也坦承，造成此離譜的耗油量，主因是公務車虛報、浮報里程數的情況極爲普遍。過去更查獲有些人明明一整天都在台北，卻虛報到外縣市出差。至於溢領的油票，有的低價轉售給他人，或作爲私人車輛加油之用。

更匪夷所思的是，行政院爲了避免油票遭到盜用，早在九十年就已經通令全國各機關學校，要改以「油摺」取代「油票」，但直到九十年底，還是有一千六百多個機關學校使用油票，占所有機關學校的五十八．五％。

所謂「油摺」是類似金融機構的存摺，每輛公務車一本，必須到指定的加油站加油，且需要司機、加油站員工簽名，可根除油票的缺點。以台北市政府在八十八年十月實施以「油摺」代替油票後，平均每月節省近四成的油料費；高雄市垃圾車則在八十八年採行相同政策，平均每月節省近五成的油料費。

以「油摺」取代油票是從澎湖縣警察局開始實施，後來經內政部警政署採用，在九十年度，全國警察機關的公務車因改採「油摺」，一年省下上億元的油料費；法務部也在九十年改採油摺後，全年購油量只有七十一萬三千多元，比前一年節省了一半經費，效果顯著。但經清查政府所有機關學校，卻有半數以上機關不按照此有效節流的方式加油，行政院也未追究相關責任。

另外，立委湯火聖等人調查中央政府五十一個部會一級主管支領高額交通費情形，發現部分機關有核發高額交通費情況，至少有十多個部會約二百餘位簡任高級主管，巧立名目支領了上千萬元的高額交通費。且各機關發放依據不一，有的是參照其他部會，簽請首長核定，有的依事務管理規則，亦或依「行政院所屬機關事務勞力替代措施方案」等，形成一國多制。

而且，各機關爲了幫助一級主管謀福利，編列預算科目標準也不一，有些是編在人事費的其他給付，亦或旅運費的運雜費，或者台澎金馬地區旅費，也有業務費下的油料費。而支給方式也不一，大部分是核實支給，少部分核實支給計程車資或車票費、按天數核實支領計程車費、油料補助均一不等。

經遍查相關法令規章，根本沒有任何法源依據規定一級主管可以支領交通費。立委們因此提案自九十二年度起，要求各機關應切實依據行政院頒布之「全國軍公教員工待遇支給要點」辦理，不得巧立名目支給各項津貼或費用，若有違反情事，應追究相關人員責任。但就像「油搢」制度無法全面實施一樣，此改革能否貫徹仍待觀察。

全國公務車耗用油量統計表

年度	機關數（油票／油摺）	公升數（油票／油摺）
90年度	2,829（1,655／1,174）	169,305,333（53,172,605／116,132,728）
88下半及89年度	2,669（1,999／670）	261,500,438（157,409,738／104,090,700）
88年度	2,157（1,952／205）	166,018,562（128,312,975／37,705,587

註：機關數包括中央及地方各級機關學校。

資料整理：立法委員湯火聖、蘇治芬、簡棟肇、林育生國會辦公室

部分機關改用「油摺」省油一覽表

機關	改用油摺時間	實施後節省金額（元／月）	節省率（%）
台北市環保局	87年3月起	780萬	61.28%
高雄市環保局	87年8月起	326萬	49%
台北市警察局	88年10月起	256萬	37.71%

資料來源：審計部

資料整理：立法委員湯火聖、蘇治芬、簡棟肇、林育生國會辦公室

高官厚祿
——四百三十六人領部長級薪水

債台高築的政府最近想盡辦法要從一般民眾身上拔毛，甚至計畫要將公務員精簡到十三萬人以下，卻忽視支領部長級和其以上薪資的人滿街跑：全國竟有四百三十六人，其中多數未見其對國家有所貢獻，但國庫每年卻因此支出十億餘元的薪資。這些領取厚祿的高官中，除了立委外，多數都還配車（含司機）、房子、隨扈，另外，還有不列入薪資，每年數億元被稱為「私房錢」的特別費和交際用的公關費。

最近，除了總統府資政、國策顧問應否改為無給職，引發總統府祕書長陳師孟與立委口角，更有不少民眾上網或寄信提醒正積極推動調降軍公教優惠利率的台聯立委，應落實其在九十年選舉期間提出的「立委薪水減半」，如果成真，則每年可以幫國庫省下五億三千萬元，如果再加上政務官（即政務次長以上高官）薪水也減半，則每年可省下民脂民膏十四億二千萬元。立委蔡正元等人則建議精簡監委、考試委員、總統府資政、國策顧問等員額，或改爲無給職，也可爲困窘的國庫省下鉅額支出。

根據最新統計，我國除了總統月薪四十四萬八千八百元、副總統三十三萬六千六百元外，支領院長級待遇者，即每月待遇三十萬四千九百多元的高官有七人，副院長級待遇每月二十萬一千九百多元者，二十人，至於領取部長級薪水，每月十七萬九千五百二十元者，竟高達四百零七人。僅此四百多人，國庫一年支付的薪資就需十億八千多萬元。

檢視爲什麼會有這麼多人領部長級以上待遇？除了政府改造卻越改部會首長越多，主因是比照領取高薪的人太多。像過去國大未廢除前，四百多位國代領的全部是部長級的薪水。國大廢除後，立委席次又大幅增加，現有二百二十五人，除正副院長領取更高薪資外，二百二十三位立委外加祕書長都享有部長級待遇。

行政院除正副閣揆領取更高薪外，竟然有七十三人領取部長級薪資，其中除了各部會首長外，還包括行、局、署首長和政務委員、國防部特任副部長、陸委會特任副主委、外交部特任大使及代表、最高檢察署檢察總長、台灣省主席、福建省主席，全部比照部長支薪。

總統府除了正副總統外，祕書長、國安會祕書長領的是院長級待遇，還有十五位有給職資政比照副院長支薪，另外，包括特任副祕書長及十三位國策顧問、七位國安會諮詢委員，全部比照部長支薪。

監察院除了正副院長外，可享受部長級待遇的還有祕書長、審計長和二十七位監察委員。考試院則有二十五人領取部長或其以上薪資，除正副院長外，領部長薪資的有祕書長、十九位考試委員、考選部長、銓敘部長、公務人員保障暨培訓委員會主委。而司法院支領部長級或以上者也有二十一人，除正副院長，有十五位領部長薪資，包括大法官、祕書長、最高法院院長、最高行政法院院長和公懲會主委。

這四百多人，總統府資政、國策顧問引起的討論最多，其中部分大老對國家的貢獻確實不容抹滅，但聘用員額是否太多？聘用後又是否發揮功能？為何不能多一些無給職取代有給職？國安會諮詢委員適合比照部長支薪？而監察、司法、考試和立法四院委員，是否應適度精簡，在多數民調中也獲得肯定。

這些高官每精簡一人，代表的不只是省下十七萬九千多元，而是其配房子、車子（含司機）、隨扈、特別費、交際費一併精簡，連帶省下的民脂民膏相當可觀，更重要的是，適度精簡後，對政務推動應該不至於有太大影響。而政府最近高喊要精簡基層公務員，甚至調降軍公教優惠利率，這些員額過度膨脹、功能又不彰的高官，實在沒理由完全置身事外。

至於二百二十五位立委雖未配房舍與隨扈，但實際上，有立委會館可住，不住者可領錢，另外，每人每月還領取二萬元的研究室補助費（立法院還另外每人提供一間研究室）、一個月一萬五千元的電話費（不算在立院研究室和立院打電話部分）、一個月二萬元文具費、一年三十二萬國會外交經費。根據台聯立院黨團估算，只要立委席次減半，國庫一年可以省下三十億七千九百多萬元，比許多縣市一整年的預算還多，在減少員額和不當支出上，應有很大的空間。

像蔡正元等立委就建議，應盡速透過修法或修憲廢除考試院、監察院、司法院副院長及國民大會祕書長，並將監委減爲七人、考試委員七人、大法官七人，總統府資政、國策顧問、國安會諮詢委員改爲無給職，省政府主席也由行政院政務委員兼任而不必多領薪水。部分專家學者更認爲改革幅度可以更大點。不過，總統府祕書長陳師孟日前答覆立委質詢時，卻認爲如果要將總統府資政和國策顧問改爲無給職，無異共產黨，此高官薪資攻防戰，未來恐怕還有漫長的路要走。

人事沉重

——每十元預算三元先付人事費

近年來政府高舉人事精簡大纛，但人事經費卻越精越多，在九十二年度，中央政府總共要支出的人事費高達四二二七億元，等於政府每一百元支出當中，近二十七元要先用來支付人事費，地方政府更超過四十五元，已經對其他政務支出造成嚴重排擠。而且，部分機關精簡後，將原業務委外辦理，支付經費竟比原來的人事費還高。

檢視政府精簡人事的成績單，會發現很多「笑料」：政府宣稱從民國八十六年到八十九年間，一共精簡了二萬三千多人，九十年也精簡一萬多人。不過，在最近幾年軍公教調薪幅度都在三%以下，甚至有兩年不調整，很奇怪人事費不只沒減少，反而每年以近四%的比率增加。究其主因，所謂精簡，許多根本只是將過去的缺額報爲精簡，而眞正倒楣被精簡的，又以工友、工讀生等爲主，人事費當然不減反增。

如果將精簡人事喊得最大聲的近十年來做爲統計標準，好笑的是，人事費在這十年來每年平均巨幅成長六．三二％，而這期間我國中央政府人事費占GDP的比率爲四．七％，相較於美國的一．九％、南韓的二．二％、日本的○．八％，我國的人事費都超過其兩倍以上。

更值得注意的是，占人事費最大筆的國防人事，近年來因實施國軍精實案精簡員額，每年人數呈現遞減，但到了九十年度又巨幅攀升。而教育人事也發生類似狀況。到了九十一年度，整個中央政府人事費已經攀升到四千二百多億元，占年度歲出總額的二十七．八一％，明顯高於日本的二十一％、南韓的十九．八％、新加坡的十八．六％。而九十二年度總預算，儘管總支出負成長，但人事費卻在精簡聲中不減反增了四億元。

實際上，在當年連內閣開始推動人事精簡時，中央和地方政府所屬各機關，缺額高達七萬七千多人（亦即預算員額中懸缺未補者），這些員額許多直到近幾年都未補實，有些則被當成是人事精簡的成績單。所以，政府如果眞的要精簡人事費，應是先全面清查懸缺未補的缺額，規定除非必要不然不再補實，則省下的人事費，絕對比精簡工友、工讀生來得多，而且可避免被精簡者又變成失業行列。

另外，部分機關表面上裁員，實際上卻增編對外的委辦費。像有一部會本來聘用的系統分析師和操作師，每月支領待遇在四萬五千到九萬五千元之間，但委辦外面電腦公司支付系統設計師的月薪，卻高達十一萬五千多元。形成人事減肥卻變成人力外包，而且花費更多民脂民膏。

監察院審計部的調查更發現，台灣高等法院及其所屬法院在最近三年，平均每年人事費賸餘數都超過十億元。原因是經特考任用、檢方轉任及遴選可分發提供的法官人數約爲一百三十三人，但經分發後，仍有逾百名以上的法官名額未能補實，導致每年都剩餘大量的人事經費，影響司法資源的分配與運用。

當大家把辛苦納稅錢繳納給政府，政府要決定怎麼用，可以作爲消費，人事費、社福支出等，一般稱爲「經常門支出」，對國家經濟成長較無幫助，相對之下，如果用於公共建設等「資本門支出」，則可刺激經濟成長、讓民眾也有工作機會。現在我國人事費確實太高，甚至已經排擠了公共建設的經費，應有所對策。而且眞正要精簡人事，應是先從懸缺已久的空缺著手，不必急於向工友、工讀生等人開刀，更不要變成委外，反而要花更多的錢。

國防人事經費嚴重排擠軍備採購

根據國防部最新的施政報告顯示，國防預算最近三年均呈負成長，但人員維持費節節升高，導致軍事投資與作業維持費遭排擠。九十二年度軍事投資費僅占預算二十一．七九%，係近十年新低點，較原需求少約五百億元；作業維持費占預算二〇．〇九%，較原需求少一〇五億元。

國軍軍事投資預算由八十三年度的九六一億元，降至九十二年度的五七〇億元，計減列三九一億元。而軍事投資預算占國防預算比率更是大幅減退，由八十三年度的三十七．六%，降至二十一．七九%比率，僅較去年的二十一．〇九%略增。

九十二年度軍事投資原需求爲一〇五〇億元，囿於預算限制，以五七〇億元匡列，較九十一年度增加十九億元。顯示軍事投資經費不足約五百億元，幾乎是預算編列的一倍。由於投資預算遭人員維持費排擠而不足，國防部被迫在不違反合約及影響計畫執行情況下，將採減項、減量或延長與付款以期因應。

至於作業維持費編列情況，九十二年度作業維持原需求爲六三〇億元，但因額度配賦不足，再檢討精簡一〇五億元，以五二五億元匡列，較九十一年度預算減列十一億元，並置重點於新一代武器裝備的維護及戰備訓練為優先。

為了因應作業維持費不足現象，國防部表示，國軍將檢討加速汰除老舊裝備，節省支出，並檢討調整零附件項，與縮短維修籌補作業期程，優先滿足制空，再制海，其次為重要地面武器裝備妥善。

但人員維持費卻節節升高，嚴重排擠其他重要業務。九十二年度人員維持費編列一四五九億元，占國防預算比率達五十五．七九%，較九十一年度增加三十四億元，較八十三年度一一〇九億元，增加三五〇億元。此國軍人員維持費創近年次高紀錄，僅略低於八十九年度的一四九一億元。

我國自八十六年實施精實案後，軍隊人事已裁編五萬餘人，理論上，人事費應該呈現逐年遞減情況，不過經分析後發現，精實案實施後，國軍人事維持費不但逐年增加，到九十二年度，每一百元國防預算，竟有五十五．七九元要先用來支付人員維持費用。

人員維持費升高，雖可視為是部隊裁編、人員出處和提高專業加給所必須付出的代價，但這仍舊是項警訊，連國防部都坦承：「不能把這情況當成正常狀態，甚至作為未來人事經費再往上攀升的理由。」

值得注意的，美國在九十一年對中共評估報告中指出，二〇〇五年到二〇〇八年間，兩岸軍力將向中共傾斜，屆時我將失去台海的制空、制海權，由於武器從採購到完成建軍，約需四到五年，依此推估，現在應是採購高峰期，但軍事投資費卻是不增反減，九十二年度比率更僅占國防預算二十一%，兩岸軍事失衡狀況極可能發生。

另外，在作業維持費部分，二代新武器裝備陸續成軍後，作業維持費比率並未增加，在壯盛軍容底下隱藏著保養維修經費不足問題。如何解決龐大的人員維持費排擠重要業務，甚至國家安全，已是燃眉之急。

人事費占中央及地方預算比率表

附表一　　單位：百萬元；%

會計年度	人事費占經常支出比率（%）		人事費占歲出比率（%）		人事費占歲入比率（%）	
	中央政府	地方政府	中央政府	地方政府	中央政府	地方政府
76	46.67	50.54	34.79	30.26	34.45	30.34
77	46.89	59.53	34.87	32.96	32.92	31.83
78	43.13	55.09	32.82	28.41	30.78	29.21
79	43.35	54.70	32.49	30.71	29.28	32.71
80	43.78	56.16	31.68	32.54	36.73	35.72
81	42.86	58.66	29.49	32.78	37.93	31.11
82	41.07	57.89	29.09	32.74	34.12	32.72
83	43.11	56.67	31.21	31.90	33.71	34.98
84	42.14	54.24	32.23	34.07	33.21	35.93
85	41.56	52.26	33.50	34.68	33.78	39.05
86	41.80	52.41	34.85	35.38	35.74	38.41
87	41.84	54.46	34.65	37.23	29.99	39.42
88	42.30	54.20	33.28	38.64	31.53	42.43
89①	35.38	62.88	28.48	45.60	31.28	51.13
90	34.52	58.48	27.37	44.35	30.12	52.04
91	35.99	62.91	27.60	49.50	33.77	51.49
76～80年度平均值	44.72	55.20	33.33	30.97	32.83	31.96
81～85年度平均值	42.17	55.94	31.10	33.23	34.55	34.76
89～90年度平均值	39.17	56.48	31.73	40.24	31.73	44.69

資料來源：各決（預）算書、財政統計年報。

備註：①89年度係88年下半及89年

單位：新台幣千元

	資本支出					合計
小計	業務費	設備及投資	獎補助費	預備金	小計	
1,249,361,955	1,791,348	189,571,032	126,643,353	5,000,000	323,005,915	1,572,367,870
59,713	-	-	-	-	-	59,713
7,033,089	-	2,020,954	-	-	2,020,954	9,054,043
23,931,320	306,040	4,837,175	4,376,653	-	9,519,868	33,451,188
3,908,318	-	347,198	-	-	347,198	4,255,516
13,740,966	-	1,605,970	-	-	1,605,970	15,346,936
16,920,574	-	50,164	5,799	-	55,963	16,976,537
1,829,853	-	112,988	-	-	112,988	1,942,841
92,858,504	13,300	17,394,684	8,814,177	-	26,222,161	119,080,665
27,317,754	700	623,618	-	-	624,318	27,942,072
251,025,959	7,690	10,526,452	-	-	10,534,142	261,560,101
219,887,278	-	8,757,268	15,587,276	-	24,344,544	244,231,822
115,897,621	37,900	13,201,776	17,008,436	-	30,248,112	146,145,733
21,168,185	-	1,283,112	-	-	1,283,112	22,451,297
33,244,896	505,077	16,790,281	3,830,743	-	21,126,101	54,370,997
13,593,249	91,000	51,015,944	21,571,228	-	72,687,172	86,271,421
155,928	-	1,830	700	-	2,530	158,458
1,476,837	-	88,752	17,724	-	106,476	1,583,313
143,240,501	-	974,089	633,955	-	1,608,044	144,848,545
5,927,547	-	25,030,237	7,473,456	-	32,503,693	38,431,240
2,358,506	-	485,784	-	-	485,784	2,844,290
47,035,346	602,641	59,520,135	6,731,072	-	36,853,848	83,889,194
57,381,480	-	11,126	57,381,480	-	75,721	57,457,201
38,500,292	227,000	1,800,744	2,578,012	-	4,605,756	43,106,048
4,180,901	-	240,469	5,004,304	-	5,244,773	9,425,674
10,339,166	-	2,760,764	-	-	2,760,794	13,099,960
90,348,172	-	24,893	33,010,000	-	33,034,893	12,383,065
500,000	-	-	-	1,500,000	1,500,000	2,000,000
5,500,000	-	-	-	3,500,000	3,500,000	9,000,000

中華民國92年度中央政府各機關歲出用途別科目分析表

附表二

科目		經常支出				
款	名稱	人事費	業務費	獎補助費	債務費	預備金
	合計	422,730,263	177,993,226	489,787,794	150,716,858	8,133,814
1	國民大會主管	49,719	5,439	4,555	-	-
2	總統府主管	2,881,279	4,045,537	98,083	-	8,190
3	行政院主管	9,165,256	7,107,545	7,614,690	-	43,829
4	立法院主管	2,989,708	881,397	34,213	-	3,000
5	司法院主管	11,053,036	1,926,532	745,612	-	15,786
6	考試院主管	11,602,566	872,598	4,441,303	-	4,107
7	監察院主管	1,585,604	222,505	17,140	-	4,604
8	內政部主管	24,535,287	6,163,562	62,067,441	-	92,214
9	外交部主管	7,092,369	10,671,572	9,520,786	-	33,027
10	國防部主管	152,607,222	94,427,582	2,791,155	-	1,200,000
11	財政部主管	17,983,467	10,684,277	40,466,532	150,716,858	36,144
12	教育部主管	38,289,935	6,450,244	70,684,586	-	472,856
13	法務部主管	16,293,754	3,339,314	1,498,801	-	36,316
14	經濟部主管	5,837,007	10,217,892	17,174,035	-	15,962
15	交通部主管	7,438,090	4,720,317	1,417,197	-	17,645
16	蒙藏委員會主管	77,693	56,270	21,371	-	594
17	僑務委員會主管	303,606	934,053	228,721	-	10,457
18	國軍退除役官兵輔導委員會主管	89,005,268	968,808	53,186,425	-	80,000
19	國家科學委員會主管	1,022,869	783,980	4,117,336	-	3,362
20	原子能委員會主管	1,766,657	562,984	27,921	-	944
21	農民委員會主管	7,532,536	5,013,954	34,484,424	-	4,432
22	勞工委員會主管	1,715,155	1,102,546	54,552,653	-	11,126
23	衛生署主管	2,256,165	2,696,971	33,528,765	-	18,391
24	環境保護署主管	963,891	1,471,349	1,741,001	-	4,660
25	海岸巡防署主管	7,929,484	2,384,930	12,784	-	11,968
26	省市地方政府	752,640	281,068	89,310,264	-	4,200
27	災害準備金	-	-	-	-	500,000
28	第二預備金	-	-	-	-	5,500,000

附表三　近十年中央政府人事費概況分析表

單位：億元；%

年度	中央政府人事費		依性質別結構比（%）					人事費占GDP（%）				
	（億元）	年增率（%）	一般公務	國防	教育	警察	退休	我國	美國	日本	南韓	新加坡
八十一年度	二、六七七	一一・二六	一七・四	四一・〇	六・九	四・五	三〇・一	五・三	二・二	〇・八	二・二	五・二
八十二年度	二、八四六	六・三一	一九・〇	四〇・三	七・四	四・六	二八・七	五・一	二・一	〇・八	二・二	四・八
八十三年度	三、〇三六	六・六七	一九・一	四〇・三	七・九	四・七	二八・〇	四・九	二・〇	〇・八	二・一	五・一
八十四年度	三、一一三	二・五三	一九・二	三八・七	八・三	四・九	二八・九	四・六	一・九	〇・八	二・三	四・九
八十五年度	三、三六七	八・一六	一九・二	三九・〇	五・九	五・九	三〇・〇	四・六	一・八	〇・八	二・二	五・〇
八十六年度	三、六六四	八・八二	一八・二	三六・一	四・一	五・七	三五・九	四・六	一・七	〇・八	二・二	四・九
八十七年度	三、七五三	二・四三	一九・〇	三七・二	二・八	四・九	三六・一	四・三	一・六	〇・八	-	五・〇
八十八年度	三、八七三	三・二〇	二〇・〇	三八・〇	二・九	五・二	三三・九	四・二	一・六	〇・八	-	-
八十九年度	四、二三五	九・三四	二三・二	三三・五	六・九	五・七	三〇・七	四・四	-	〇・九	-	-
九十年度	四、四二三	四・四一	二一・六	三三・一	七・七	四・七	三三・九	四・六	-	-	-	-
平均	三、四九九	六・三一	一九・六	三七・七	六・一	五・一	三一・五	四・七	一・九	〇・八	二・二	五・〇

註：一、資料來源：九十一年四月行政院主計處國情統計。

二、八十一年度至八十九年度為決算數，八十九年度係將八十八年下半年及八十九年度一年半人事費六、三五二億元折算為一年之數，八十九年度起含原台灣省政府部分，九十年度為預算數。

請客送禮

——首長私房錢一年三億元

高雄市長謝長廷曾舉過一個例子，當他擔任台北市議員、許水德是市長時，由於政府首長許多項收入都有免稅規定，有次他逐項和許水德核對，發現當時許水德每個月需要繳稅的薪水，竟然只有二萬五千元，而且還有「私房錢」。

此不合理狀況，在最近幾年更爲變本加厲，各級首長薪資中充斥琳瑯滿目變相加薪，卻又不用繳稅的項目：包括特別費、機要費、機密費、加給、獎金……，而且金額逐年攀升，有立委戲稱「多得連首長老婆也弄不清楚」。其中光是特別費一項，到九十年度總計已經高達三億三千一百九十多萬元，依規定其中一半不需檢具單據就可報銷，根本無法監督，被稱爲是首長可直接入袋的「私房錢」。而除了預算書上的收入，像財政部長一年還有數百萬元的「緝私獎金」。

所謂特別費，行政院說明主要用途是供首長招待或餽贈之用，依照「中央各機關首長、副首長特別費標準表」規定，上從副總統、行政院長、各部會首長，下至各國家公園管理處長、國立中等學校校長、榮民之家主任到國稅局稽徵所主任，每個月都可以領特別費。

其中，副總統每月的特別費是三十八萬二千元（九十一年降爲三十萬五千五百元），行政院長每月三十三萬三千元，其他四院院長和總統府祕書長是十七萬六千五百元，五院副院長九萬八千元，各部會首長八萬八千元，各國立中等學校校長一萬三千五百元、加工出口區分處處長一萬元，最少的是國稅局稽徵所主任每月八千元。

在民國八十七年之前，副總統本來是沒有特別費的，也就是說，當李登輝和李元簇兩人擔任副總統期間，並無該項「私房錢」，直到連戰卸下閣揆專任副總統後才開始編列，且有意無意與總統府正副祕書長編列在一起，不易發現。當時民進黨團集中火力抗議總統國務機要費的應用，有明顯爲連戰輔選綁樁之嫌，卻顧此失彼忽略了該新增的預算，且直到九十年底才發現副總統一年多編了四百五十八萬四千元的特別費，但因中央政權已經輪替，民進黨不好杯葛呂秀蓮，也使得該預算沿襲了下來。

另一特殊現象是台灣省已經精省，但卻沒精掉省府首長的特別費，其中省主席每月的特別費高達二十五萬五千元，不只遠高於內政部長的八萬八千元，更高於五院院長，高居所有首長特別費第三名。而副主席不只月俸十五萬一千元，高於部會次長的十一萬八千元，就連特別費，也以每月十五萬七千元，遠遠高於部會次長的四萬四千元。其他如正副祕書長分別爲八萬八千元、八萬六千元，均高於一般水準。

另外，首長們還擁有機要費、機密費、交際費，三者的用途和特別費根本大同小異，令人不解爲何要分成四大類編列。這幾年，更有法務部長編列司法官加給，一個月七萬一千元，一年因此多了近百萬元；衛生署長則編列了醫師不開業獎金，一個月三萬六千元；原子能委員會主委有核能職務加給，一個月四萬四千元；公平交易委員會主委則有一筆每月二萬二千元的「調查研究費」。還有會計人員幫部會首長編列加班費和不休假獎金。

有一年，還發生行政院勞委會主委編列的年薪，異常高出其他部會首長近一百萬元，經立委細問，發現竟是誤編成「院長級」薪水，但此預算竟然從勞委會經過行政院主計處到行政院院會無異議通過，一路送到立法院審查。每年總預算審查，更常常可見有部會首長直到立委審查時提出質疑，才猛搖頭說：「我也不知道怎麼會有多出這筆錢。」

直到今天，從部會到行政院，對於首長們的薪資和巧立各種加薪項目仍睜一隻眼閉一隻眼，導致「敢」多編和多拿特別費、機要費、機密費、交際費，以至於巧立名目自立項目的首長，就領得比別人多。而這些用途重疊性高，部分不用檢具單據的支出又逐年成長，成了吞噬民眾辛苦納稅錢的黑洞，亟需統一標準，不准再編列重疊性極高的預算項目，更不容自己巧立名目，對於不用檢具單據和免稅的優惠，也應考慮取消。

像以往首長的薪資分爲公費和稅費，約各一半，其中公費本來可享有免稅優惠，直到立委們推動修正所得稅法第四條，取消其優惠，國庫每年因此增加收入一億元。只要特別費免稅取消，捉襟見肘的國庫一年可增加稅收近一億元，將特別費、機要費、機密費、交際費，甚至接待賓客預算整合爲一，更可爲國庫省下鉅額預算。

而陳水扁總統是所有首長中惟一未編列特別費，但九十年度編列了五千零五十七萬六千元的「國務機要費」，遭到刪減一千萬元。九十一年度預算案中，總統府恢復爲五千零五十七萬六千元，並解釋是國家元首要用於政經建設訪視、軍事視察、賓客接待及禮品致贈等經費。

一般認爲，此特別費預算進總統口袋機率不大，不過，以我國的國民平均所得大約是美國的四〇％，美國總統布希每年的國務機要費只有近新台幣五百萬元，只等於陳總統近十分之一。加上我國國務機要費之所以超乎一般水準，當初是強人政治時代的產物，但近幾年額度卻不降反升，成爲傲視其他民主國家的「特例」，而以往是正副總統共用國務機要費，現在副總統又已經有自己的特別費。

行政院長則除了特別費之外，還編列了行政機要費，九十年爲七百四十五萬元，九十一年度一口氣要求增加爲一千三百七十九萬六千元，表示除了像往年一樣，要作爲行政院長前往各基層巡視所需慰問金及致贈禮品等經費，九十一年度更將已增加的預算，增列視察重大經建措施及因應國內外緊急特殊事件善後處理。

另外，九十年度省主席除了有三百萬元特別費，還編列了二千一百萬元的行政視察費，更有十五億元的小型工程補助款，可運用的「私房錢」遠超過行政院長。

令人擔心的是，儘管國庫已經陷入寅吃卯糧，一年要舉債三千多億元，但不少機關的公關費卻不減反增，而且和舊政府不一樣，部分預算項目清清楚楚寫著要用於聯繫立委、媒體，甚至過去只敢暗地裡補助立委出國考察，九十一年度預算中則清楚浮上檯面。

總統府編列了往常少見的「媒體、國會聯繫」，金額是一千二百六十五萬九千元；國防部說要「接待外賓、立委、監委、視察部隊加菜金」，編列二千四百多萬元；交通部稱「和立委意見交換、立委助理、媒體喜慶道賀、立委考察」，三百五十萬；財政部「新聞發布聯繫、邀請立委等考察參訪」，五百五十七萬元。就連法務部也編了二百六十萬元，要作爲「對媒體聯繫、立委考察」。

立委趙永清等人都質疑，爲什麼突然出現這麼多公關費？而且多項都明列是要和立委聯繫、供考察，是立委需索無度？或行政機關假立委之名，掩飾公關費的浮濫？加上外交部、僑委會、經濟部本來就列有接待外賓、招商等費用可以流用作爲公關費，各國營事業更有可觀的宴客預算，所以立法院一定要對公關費好好把關。

立委陳文茜也埋怨，剛當選時接到不少機關的祝賀匾額，害得她不知道要放到哪裡，顯示這些機關的公關費實在太多了，因此進立法院以後，她每年都要好好審查這些機關的公關費。而實際上，只要立法院每會期開始選舉各委員會召集委員後，就可看到立委會館處處被「花海」所淹沒，其他像端午、中秋、農曆年和立委生日，甚至家有喜事，會館內也都會出現各機關首長的祝賀花籃與禮物，用民眾的納稅錢幫機關首長大做人情。

政府財政困窘，在收入遠不足應付支出下，九十一年度中央政府總預算案一年的赤字就高達三五七六億元，累計歷年債務餘額，更將高達二兆九三〇〇多億元，逼近公債法規定的舉債上限。政府每一筆支出都應用在刀口上，特別是巨幅成長的公關費應有大幅刪減的空間，以節省公帑。而首長琳瑯滿目的私房錢項目，更涉及特權與不公，不管是行政院或立法院，都應給民眾一個交代。

各機關公關招待及機要費前十名排行榜

附表一　　單位：千元

排名	機關	預算名稱	91年度金額	92年度預算
1	總統府	國務機要費	50,576	50,576
		媒體、國會聯繫	12,659	11,659
2	立法院	貴賓接待費	12,000	12,000
		接待外賓、訪問友好國參家訪費	30,000	21,000
3	國防部	接待外賓、立委、監委、視察部隊加菜金等	24,050	30,815
4	省政府	接待省民、外賓、立委、監委聯繫等	20,029	14,576
5	行政院	行政機要費	13,796	11,696
		接待賓客及國會聯絡		5,747
6	財政部	新聞發布聯繫、邀請立委等考察參訪	3,500	3,738
7	交通部	立委意見交換、立委助理、媒體喜慶道賀、立委考察	3,500	3,185
8	省諮議會	公關費	3,000	2,700
9	司法院	參訪、司改聯繫餐費	2,884	2,884
10	法務部	對媒體聯繫、立委考察	2,600	2,600

附表二　首長事業加給一覽表

機關首長名稱	專業加給名稱	月支給標準（元）	支領依據
司法院院長	司法人員專業加給	八九、三二五	現任司法院院長係由大法官轉任，依據行政院民國四十一年四月二日台（四一）歲三字第五一代電司法院及司法行政部之「司法人員補助費支給標準」規定，大法官得支領司法人員補助費（現稱司法人員專業加給），另行政院民國五十八年六月二十一日五八忠三字第○六二二一六號函亦核定，由司法官轉任重要司法行政職務人員，准支給司法人員專業加給。
審計部審計長	審計人員專業加給	四七、九六○	自民國五十六年度起比照司法人員支領審計人員專業加給。
原子能委員會主任委員	核能職務加給	四四、八八○	依據行政院民國八十二年十二月二日台八十二人政肆三一四七九號函核定之「行政院原子能委員會及所屬放射性待處理物料管理處、台灣輻射偵測

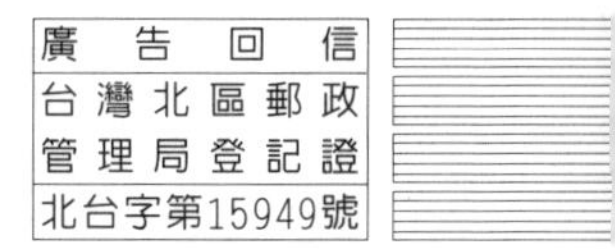

235-62
台北縣中和市中正路800號13樓之3

印刻出版有限公司　收

讀者服務部

讀者服務卡

您買的書是：＿＿＿＿＿＿＿＿＿＿＿＿＿＿＿＿＿＿

姓名：＿＿＿＿＿＿＿＿＿＿　性別：□男　□女

生日：＿＿＿＿年＿＿＿＿月＿＿＿＿日

學歷：□國中　□高中　□大專　□研究所（含以上）

職業：□軍　□公　□教育　□商　□農

□服務業　□自由業　□學生　□家管

□製造業　□銷售員　□資訊業　□大衆傳播

□醫藥業　□交通業　□貿易業　□其他＿＿＿＿＿＿

郵遞區號：＿＿＿＿＿＿＿＿

地址：＿＿＿＿＿＿＿＿＿＿＿＿＿＿＿＿＿＿＿＿

電話：（日）＿＿＿＿＿＿＿＿＿＿（夜）＿＿＿＿＿＿＿＿＿＿

傳真：＿＿＿＿＿＿＿＿＿＿＿＿＿＿

e-mail：＿＿＿＿＿＿＿＿＿＿＿＿＿＿＿＿＿＿＿＿

購買的日期：＿＿＿＿年＿＿＿＿月＿＿＿＿日

購書地點：□書店　□書展　□書報攤　□郵購　□直銷　□贈閱　□其他

您從那裡得知本書：□書店　□報紙　□雜誌　□網路　□親友介紹

□DM傳單　□廣播　□其他

您對於本書建議：

感謝您的惠顧，為了提供更好的服務，請填妥各欄資料，將讀者服務卡直接寄回或傳真本社，我們將隨時提供最新的出版、活動等相關訊息。

讀者服務專線：（02）2228-1626　讀者傳真專線：（02）2228-1598

			工作站核能職務加給支給對象清冊」，符合核能職務加給申領要件。
行政院公平交易委員會主任委員	調查研究費	二二、五〇〇	行政院民國八十二年六月十八台八十二人政肆字第二五〇〇〇號函核定。
衛生署署長	醫師不開業獎金	三六、〇〇〇	依據九十年六月二十九日台九十人政給字第〇一四〇六七號函核定修正之「衛生醫療機關醫師不開業獎金支給標準表」（溯自八十九年一月十六日生效）
中央研究院院長	研究獎助費	二九三、八六五	行政院民國八十三年八月二十三日台八十三人政給三一二六五號函同意參照「中央研究院研究人員專業加給及研究獎助費支給標準表」特聘研究員研究獎助費支薪方式，依其原服務單位待遇標準（李院長原任美國加州柏克萊大學教授，待遇折合新台幣四三〇、五八五元）扣除該院院長待遇（按：當時院長待遇爲一三六、七二〇元），補其待遇差額二九三、八六五元。

附表三　　特別費標準表

職務＼年度	90年(每月)	91年(每月)	92年（每月）
副總統	38.2萬	30.55萬	30.55萬
行政院長	33.3萬	26.65萬	24萬
立法、司法、考試、監察四院院長、總統府祕書長、國安會祕書長	17.65萬	14.1萬	14.1萬
台灣省主席	25.5萬	12萬	
五院副院長	9.8萬	7.85萬	7.85萬
			（行政院副院長7.1萬）
部會首長、五院祕書長、國大祕書長、福建省主席、省諮議會議長、最高法院院長、最高行政法院院長、公懲會委員長、最高檢察總長	8.8萬	7.05萬	7.05萬 （行政院祕書長6.8萬）
台灣省副主席	15.7萬	7萬	
國防部副部長	6.85萬	5.5萬	
行政院政務委員	4.9萬	3.9萬	3.5萬
部會副首長、五院副祕書長（行政院副祕書長3.2萬）	4.4萬	3.5萬	3.5萬

公關黑洞
——國營事業公關費一年五十億

國營事業與立委盤根錯節的利益共生

中秋夜，彰化縣某立委辦事處前廣場，正盛大舉辦一場載歌載舞的晚會，刺眼強光照耀下，仿如白晝的舞台上寫著斗大的晚會名稱：「中秋賞月暨推廣省電晚會」。這場晚會，台電補助十萬元，並提供獎品供民眾摸彩。同一時間，還有多位立委舉辦類似活動，形態有：烤肉、飆舞、卡拉ＯＫ大賽，台電同樣付錢。

這樣用人們辛苦的納稅錢幫民代及其所屬基金會辦活動，明列在台電公司「敦親睦鄰」項下，但這些錢最後進了誰的口袋？台電列爲極機密資料，也少有立委追問，偶爾有人問起，經濟部和台電官員的回答千篇一律是「不方便提供」。直到最近被迫公布一部份（近一億元），但只是冰山一角。

台電編列「敦親睦鄰」預算，一開始所持理由，是因爲核電廠和其他電廠產生污染，甚至在興建之前，就引起當地民眾激烈抗爭，有的則是好不容易運作一段時間後，發生附近漁民抗議漁貨量減少、農民抗爭農作物出現怪病，所以需要編列預算給予補助，展現願意當「好鄰居」的誠意。此預算在最近幾年來，一年大約都編列三十多億元，九十二年度則預定動支三十二億六千多萬元，而中油也編列了三億八千八百多萬元。總計二十九家國營事業，編列此被稱爲「公關費」的金額超過五十億元，成了債台高築下仍浪擲民脂民膏的大黑洞。

經調查，其中有部分用於補助電廠所在地國中小學童的學費、營養午餐，補助住戶電費、當地鄉鎮地方建設。當電廠所在地有重要活動，如地方民俗活動、宗教廟會，也可見台電補助，確實達到了「敦親睦鄰」的目的。不過，有許多錢卻進了民代口袋，而且多數和台電業務並無直接關係。

就某政府高層提供的機密資料，台電九十年拿民脂民膏補助的活動，赫然包括：「愛鳥協會小小鳥鬥士訓練營」、「ＡＩＤＳ企畫領導培訓」、「婆婆媽媽服裝熱舞」、「紅腳杯鴿競技賽」、「阿美族相撲體能賽」、「情繫多納生活體驗營」、「太極氣功」、「元極舞研習」、「優質青年領袖訓練營」等一千多件，其中許多是由立委或其成立的基金會主辦。

蠶食這些民脂民膏的民代，民、國、親、台聯，以至於無黨籍全部雨露均霑，例如：民進黨立委林豐喜辦了一場「谷關盃路跑」，從台電拿到三十萬元，再辦一場「讓海洋生態活起來」，再拿二十萬元；游月霞的「日月光福利推廣協會」一場搖滾青春活動，也拿到十萬元；親民黨沈智慧的「大樓社區協會」一場包粽子活動，補助八萬元；台聯祕書長林志嘉一場兒童安全上路活動，拿到三十萬元。

類似的狀況還發生在中油、中華電信等國營事業。一位熟稔內情的政府高層透露，多數立委平均每一年，大約可以從國營事業中申請到八百萬上下的補助費，但有大、小牌立委之分，行情差很多，「大牌的一項活動可以拿到三、四十萬元，有次高育仁更一次拿一百萬元，但小牌的只有數萬元」。而且參加的委員會不同，拿到的也不一樣，像經濟委員會的立委主管最多國營事業，手握中油、台電等單位預算的生殺大權，只要開口，各國營事業配合度很高，其次為主管中華電信的交通委員會，主管行庫的財政委員會，則可以在貸款上有所優惠。

最特別的是，在國民黨執政期間，因爲民進黨立委問政砲火猛烈，所以許多民進黨立委反而可以申請到比國民黨立委更多的補助，爲此，私底下常引起國民黨立委向國營事業抗議「飼老鼠咬布袋」。但現在換成民進黨執政，主客易位，卻同樣是民進黨立委拿比較多，因爲民進黨立委現在是「自己人」，而且國民黨、親民黨立委的問政火力尚嫌不足。

一位資深的立委透露，在所有立委當中，沒拿過國營事業補助費的，「最多不會超過二十個」。而每年耗時近半年的國營事業預算審查，最後總是「小刪」過關，主要是因爲多數立委和國營事業已經形成一相互掩護的利益共生結構。

各國營事業每年在編列預算時，都會先預留大筆的公關費，經立委提出申請後，依照該立委影響力，給予一定額度的補助，特別是提供該立委辦活動或小型工程回饋選區，而且不需開具單據，以便立委自由應用。立委則在審查預算時投桃報李，支持國營事業預算過關，少管國營事業經營績效是否不彰？投資是否不當？

就這樣，民眾辛辛苦苦納稅的錢，經國營事業進了立委口袋，或被用來辦活動，而國營事業經營少有人監督，除了少數獨占事業外，多數虧損連連，最後又需民眾繳稅或動支國庫予以彌平，人民成了最大受害者。

立委怎麼向國營事業拿錢？

當新科立委進立法院後不久，很快就會從資深立委處學到，可以向哪些比較有錢的國營事業和政府單位申請補助。如果有立委一直未提出申請，數百位各機關派來的國會聯絡人，會幫忙提醒該立委或助理，不要輕易放棄申請補助的機會，熱心一點的國會聯絡人，還會幫忙辦理所有申請手續，甚至幫忙跑公文。

歷經多年來的磨合，各項補助申請的企畫書、流程，在立法院早制度化，甚至還有各單位可以申請多少補助費的「行情表」。例如向中油申請補助，最好在活動名稱後附加「能源研究」或「污染防治」；向台電申請，最好寫上「省電」。行情部分，小型活動可申請二到九萬元，大型十到三十萬元。向郵政總局要錢則不用囉唆寫太多理由，只要提出申請，原則上一到五萬元。

另外，舉辦選民參觀國營事業，可以要求提供用餐或補助餐費，如果是一天以上活動，可以請國營事業安排住宿該事業所屬房舍，特別是中油和台電、台糖招待所都具有大飯店水準，若該單位無法提供住宿，可改要求補助住宿費。

其中中油不只和台電並稱兩大最具「油水」的單位，更是立委們公認經費審核最寬鬆的單位，其每年動輒一口氣批准每位立委數個活動、上百萬元的活動費，堪稱是立委們的最愛。光是在九十年，它就批准了和廖婉汝服務處同址的「屏東城鄉發展文教基金會」十項活動、與立委徐少萍服務處同址的「雨陽文教基金會」八項活動。

就相關人士提供的機密資料，中油在九十年批准的活動項目，更寬鬆到令人咋舌，足可和台電兩相輝映，包括：「親密婆媳表揚大會」、「精神倫理建設活動」、「談情說愛話人生」、「三人排球（沙灘）對抗錦標賽」、「反飆車社區卡拉ＯＫ宣導活動」「蒲公英之戀園遊會」等。至少有一百項和立委或其基金會有關係，金額近億元。

而一年三節是最熱門的申請時段，舉辦任何形式的活動都可以，只要在背後將該國營事業主管的業務，例如要向台電要錢，活動名稱中附加推動節約能源就可以。另一熱門時段是每年年底，當各國營事業急於消化預算，以免執行率不到百分之八十被議處時，國會聯絡人也正匆忙穿梭立法院，提醒立委盡速提出計畫，避免原本分配的補助額度未申請，跨過年度後無法撥付。

至於活動內容，甚至到底有沒有辦？從未見過有國營事業爲此和立委發生衝突，也不會要求開立發票核銷支出。對於部分國營事業要求提供活動照片以便核銷，有的立委辦公室隨便拿張活動照片就算數，有立委辦公室還曾拿電腦合成照片交差。

不過，爲了方便國營事業核銷活動經費，更避免曝光，多數立委會以基金會、社團或財團法人名義，作爲申領補助費的「白手套」。所以，當媒體和部分立委窮追猛打，查到的申領單位，絕大多數都是基金會或社團，但深入探查，可發現都是設在立委辦事處內或樓上、樓下，而負責人正是該立委。

早陷入捉襟見肘窘態的國庫，有限的經費就這樣被立委們藉一個個活動「螞蟻搬家」，變成補助立委辦活動，甚至去向不明。立委代表人民看緊國庫，審查國營事業預算，卻接受被監督者補助，不只角色錯亂，其間涉及的利益輸送，在先進國家早被視爲政治醜聞，但在我們的國會卻年復一年上演，少見立委自清，更不見檢調單位和監察院正視其嚴重性。

熟稔國庫運作的人更知道，透過舉辦活動要錢，只是立委和國營事業盤根錯節的利益網絡中的一環，每人每年分幾百萬元活動費，實際上還只是「小兒科」，因爲背後還有更多更大的利益，例如向國營事業低價租地、高價賣地給國營事業，或要求國營事業投資等，許多個案的利益都是動輒幾千萬，甚至上億元，而財團、政商有力人士，也加入這掠食國庫大餅的行列。

福利補貼
——立委每人兩部手提電腦

幫民眾看緊荷包，刪減政府浮濫或不必要的預算，是立法院的責任。但立委們浪擲民脂民膏卻比一般機構還兇。除了每位立委有兩部手提式電腦，九十一年度，立法院用人民納稅錢幫二百二十五位立委，每位添購一支大哥大，總共編列四百五十萬元，每支預定單價二萬元，同時編列四千零五十萬元，補助立委行動及自動電話費，每人每月一萬五千元。

立委的薪水是比照部會首長編列，在九十一年度，每月可領取歲費八萬九千七百六十元、公費八萬九千七百六十元，合計十七萬九千五百二十元。立委除了正副院長外，沒有特別費，也無法像機關首長編列機要費、機密費，但這幾年來立委各項業務費和福利呈現三級跳，預算又是自己編自己審，連部分部會首長私下聊天，都對立委無所不備的補助與福利大爲羨慕。像立委每會期，也就是每半年可出國一次，每次預算十六萬元，亦即國庫一年支應立委三十二萬元出國，九十一年一年就要花掉國庫七千二百萬元。

立法院還提供立委會館住宿，未住宿者，每月補助一萬八千元，經立院初步調查，第五屆二百二十五位立委中，有一百四十二位不住會館。而每位立委除了在立法院有辦公室，立法院另外還補助其服務處租金，每人每月二萬元，研究也有補助費，每人每年十萬元。

開會期間，每天膳食費四百元，以每年二百八十天計列，九十一年國庫要支付二千五百二十萬元供立委吃飯。文具郵票也有補助，每位立委每月二萬元，高速公路通行費每人每月一百二十張（一張四十元）、油料費每人每月八百公升（每公升以二十．七元編列預算）。

另外，還有一筆補助立委從選區到立法院搭乘飛機、汽車、火車等交通費，四千一百四十八萬元。僑選立委另編列六百萬元，供他們自選區至立院間往返的機票費用。休會期間，還有六百萬元供立委組團考察。

國庫還要幫立委付健康檢查費用，每年一次，每次編列預算一萬八千元。另外，要替立委投保團體意外險及壽險，每人每年編列六萬元，光九十一年一年就要用掉一千三百五十萬元。眞是爲自己謀福利不遺餘力的新國會。

大家對立委每年到底領多少錢一直眾說紛紜，甚至連立委本身都搞不清楚，就是因爲不知這些每年如雨後春筍冒出的選民服務費和津貼應否列入？其中不只有多項是立委平時本應支應的開銷，部分更進了立委荷包，像交通費、電話費和文具補助費，某些立委根本用不了那麼多，膳食費更是變相加薪，甚至出國費用部分，有立委設法拿收據報銷（不一定要本人出國），或帶著親友出國旅遊。

另外，國庫還補助立委聘任人事費，民國八十三年，每位立委只能聘用助理四人，國庫每月補助每人三萬元，但八十四年增爲六人，且將每人補助費調高爲四萬。到了最近，更調高爲每人可聘請公費助理六到十人，每月由國庫支付三十萬元，總計九十二年度政府爲此要支付的金額高達十億八千三百多萬元。儘管立院有不少備受肯定的立委助理，但因多數立委問政長期不振，助理人數一再擴增的正當性受到質疑，部分立委更以老婆、小孩和親友掛名，變成變相加薪。像日前鬧得滿城風雨的鄭余鎭、王筱蟬事件，助理功能和助理費就引起諸多討論。

一個已經解決的問題：不再瞎子摸象處理軍公教十八%優惠利率

軍公教人員可享有十八%優惠利率最近鬧得沸沸揚揚，部分人士甚至要求大幅刪減。但實際上，這是一個多年前已經解決的歷史老案：早在民國八十年資深中央民代全面退職，每月領取七、八萬元優惠利率，就引爆朝野連續多年攻防，被稱爲是立院預算審查的火藥庫，但後來決定採取大家都可以接受的折衷方案，凡是八十四年以後退休年資不列入計算，爲之後的國庫省下可觀的經費。堪稱是近年來一項總預算審查時朝野相互退讓，且透過溫和改革爲民眾看緊荷包的成功案例。

但最近不少政府官員和民代討論軍公教優惠利率，卻像「瞎子摸象」，摸到大象的鼻子，說大象長得像水管，摸到腳的說大象像柱子，忽視眞正領取高額退休金的，僅是三十四萬退休軍公教人員中的少數。而且輕忽其間還涉及政府與民眾的契約與誠信，尤有甚者，此問題早在民國八十四年就已經解決，實無需再激起不必要的對立與紛擾。

此議題第一次被提出來，是民國八十年中央政府總預算書上，首度出現一筆名爲「中央民代退職金優惠存款利率補貼」的預算，總金額達到三億多元。部分立委深入調查，赫然發現其他機關還有多筆類似的補助預算，其中絕大多數一樣可以享受年息十八%的優惠利率。

其編列方式，從八十年一直到九十二年度中央政府總預算書，都是分九筆編列在不一樣的機關項下，像人事行政局編列資深中央民代的優惠利率、教育部編列退休教職員、國防部編列現役軍人儲蓄利息補貼、退輔會則編列退除役官兵優惠利息補貼等。

這些項目中，除了公務人員優惠存款是按存款當時二年定期儲蓄存款利率機動計算，其他全部是可以享受年息百分之十八的優惠，比目前一般行庫一年定存年息超過甚多，其間的差額，都是由政府編列預算補貼。

總計九項補貼中，以退除役官兵優惠存款高居首位，其次爲公務員退休金優惠存款利息補貼，軍人儲蓄利息補貼第三，教職員第四。

如果以人爲單位分析，就八十四年各銀行年息約百分之八計算，國庫另補貼一〇%。退職中央民代每人以五百萬元退職金（事實上更高）計算，每人每月可領取利息七萬五千元，其中高達四萬一千元是由國庫支付；退職的政務官每人有三百六十六萬元退職金可以享受十八%的優惠利率，則國庫每人每月補貼三萬多元；教職員退休金以二百四十四萬元計算（月支簡任八級薪以七十基數計算），國庫每人每月補助二萬多元；公務人員退休金以一百六十萬元計算，國庫每人每月補貼一萬三千元。可見職位愈高、退休金愈多者，政府補貼愈多。

當時引起極大討論的另一原因是，雖然八十四年總預算採負成長，但九項利息補貼中，除了資深中央民代因少數成員凋零，三項總和共減列一千零七萬元、軍人儲蓄也減列一億三千萬元以外，其他都呈正成長。退除役官兵優惠利率更是增加了六億四千多萬元，學校教職員優惠利率增加八千三百五十三萬元，公務人員退休金優惠利率也增加三千萬元，九項總計高達八十三億餘元，比照八十三年度，足足成長了六億四千九百多萬元。

爲了搶救日益困窘的國庫，大家警戒此項補貼實有進一步檢討的必要，特別是這九項補貼主要集中於軍公教，而軍公教早已擺脫早年的低所得困境，加上此九項補助金額總數遠高於對殘障和低收入戶合計的社會福利預算，基於社會公平，也宜有所調整，但爲免造成社會動盪，朝野同意各退一步，八十四年之後的年資不得再享有此優惠，亦即一軍公教如果在民國九十二年退休，則八十四年之後的九年年資不得適用優惠利率。

所以，此議題實際上已經獲得解決，最近部分人士磨刀霍霍要大砍此預算，更忽略了軍公教薪資大幅躍升，主要是民國七十九年調高十二%、八十年十三%，在此之前退休者，退休金超過二百萬元者寥寥可數。且直到現在，眞正符合某些人抨擊退休金超過五百萬者，實際上仍屬少數。特別是職位越低和退休時間越早者，領到的退休金越少，頓然調降其賴以養老的優惠利率，將嚴重衝擊其晚年。

另一被忽略的關鍵點：早在民國八十四年，政府就已經注意到此問題，所以提出八十四年以後年資不得享受十八％優惠，以現在退休者爲例，八十四到九十一年間的年資全部不列入計算，遑論現在多數軍公教退休金約爲二、三百萬元，就是高官退休，扣掉八十四年後年資，眞正每月能領七、八萬元優惠利率者，實屬少之又少。

而軍公教退休可以選定一次退或月退，其中只有一次退可以享受十八％優惠利率，但月退可以領近八成薪，而且隨著逐年調薪，兩者各有利弊。所有軍公教都是依循政府此制度下「二選一」，一次退和十八％優惠利率是一配套，政府若因零利率時代來臨而片面調降利率，將損及自身的誠信，甚至有違反和軍公教工作契約之虞，而且並不公平，因爲領一次退加優惠利率每月所得，和領月退者間差距不大，怎可只檢討優惠利率而捨月退者？

這次點燃引信的原因之一是零利率來臨，導致政府原本每年僅需一百多億元的利息補貼，一口氣飆漲爲四百多億元，但利率調降，責任並不在退休的軍公教而是政府，甚至，如果日後利率攀升到九％以上，政府是否會調漲到十八％以上？實際上，當務之急是政府振興經濟，則國庫可以充裕，不用拔軍公教的毛，而且資金充裕，利率也自然攀升，政府補貼部分就會減少。

另外，依照職權劃分，考試院只負責公務員部分，領有優惠利率人數最多和第三的退除役官兵、教師，分別由國防和教育部主管，各機關間要在短時間內達成共識，一致調降利率機率並不大。而此爭議引爆至今，已經引起軍公教不安，且造成對立與紛爭，甚至夾雜太多以偏概全造成的誤會，實在可考慮不要在此好不容易已經解決的問題上，再做無謂的糾葛。

軍教免稅措施不合時勢所趨

不過，除了十八%優惠利率爭戰外，事實上，軍公教還享有諸多優惠。在每年度中央政府總預算中，專屬針對軍公教的優惠預算項目，幾乎是「從搖籃到墳墓」無所不包；而且僅購屋優惠利率、婚喪生育及子女教育補助等項，每年度總預算的補助金額都超過百億元。

因爲職業類別不同，同樣要讓一名子女念大學，一般民眾一年內幾乎要縮衣節食省下近一個月的薪資以支應，如果念私立大學，更需攢聚兩個月以上的所得；比較之下，公教人員在子女就讀大學的四年內，可以比一般民眾省下近十萬元，如果是私立大學，四年的總計補助金額更超過三十萬元。另外，在購屋貸款方面，公教人員也可享受優惠利率。

依照教育部規定的補助標準，公教人員每位子女從國小一直到大學，如果念的都是最省錢的公立高中、公立大學，則政府一共要補助十三萬兩千五百二十元的學雜費；如果念公立高中，但大學念私立院校，政府一共要補助三十一萬元；如果是先念私立高中，後來又唸私立大學，則國庫總共要補助三十六萬七千七百八十元的學雜費。此項補助在國中、國小階段影響並不大，可是，到了高中階段，公立高中一年兩學期，彼此差距即高達一萬八千多元，公立大學，一年差別兩萬四千七百元。

如果子女念的是私立高中，一般民眾一年要比公務人員多支出兩萬五千九百二十元，念私立大學，每年差距更高達六萬九千兩百多元，此金額幾乎已經是一般薪資者所得的兩倍。無怪乎有些父母不得已犧牲子女就學機會，近幾年來更有人上街抗議高學費，要求比照公教人員子女補助模式。

這種依職業類別給予優惠，而且是只對一千多萬就業人口中近七十萬人補助的規定，造成了眞正需要補助、優惠的中低收入者被排除在外，靠勞力賺錢的勞動者無法提供小孩念書，平均所得較高的軍公教，甚至是大學教授、高官的小孩，反而念書不用錢的不公平現象，特別是近幾年來，軍公教經過大幅調薪後，已經擺脫以往生活清苦的困境，甚至遙遙領先一般勞工和農、漁工作者。是否應將依某職業別作爲優惠根據的模式，改爲依薪資所得作爲補助和優惠的標準，或者適度調降對軍公教的各項補助與優惠，基於社會公平，和減少困窘的國庫打腫臉發行公債、賒借補助軍公教，應値得政府深入評估。

解決方法，一是採雨露均霑，將補助基礎擴及其他收入較低的職業類別，另一方法，則可以仿效部分國家採取以所得作爲補助標準。第一個方法，基於政府在近幾年來深受財政赤字所苦，擴大實施有其困難；第二個方法，則可以更進一步依各家庭的人口數爲標準，例如家庭年所得除以家庭人口，每個月平均所得低於私立大學一學期學雜費（約三萬元）以下者，可以申請子女教育補助，如此一來，軍公教中職位較低、薪資較低，或要撫養的人口數較多者，屆時仍然可以享受此項補助。

當然，軍公教對國家有其不可抹滅的貢獻，許多人要躋身公教之列，都經歷過多年的寒窗苦讀，軍人更得有隨時有面對戰爭、犧牲生命的準備，不過，軍公教實在也不宜成爲社會中免稅或享有許多優惠的特權，尤其是在財政赤字惡化的今天，基於國家社會有限資源公平、合理分配的原則下，軍公教人員應可接受部分優惠和補助適度調降。

92年立委薪資表

附表一

單位：元

項目		87年度	88年度	89年度	90年度	91年度	92年度
立委個人所得	月俸	167,780（月）	174,240（月）	174,240（月）	179,520（月）	179,520（月）	179,520（月）
	年終獎金	251,670（年）	261,360（年）	261,360（年）	269,250（年）	269,280（年）	269,280（年）
	延會費	無	無	無	無	無	無
選民服務費	文具費	10,000（月）	10,000（月）	10,000（月）	20,000（月）	20,000（月）	20,000（月）
	電話費	10,000（月）	10,000（月）	10,000（月）	15,000（月）	15,000（月）	15,000（月）
	汽油費	11,040（月）	11,040（月）	11,040（月）	15,440（月）	15,440（月）	16,560（月）
	大哥大購置費	20,000（屆）	20,000（屆）	20,000（屆）	20,000（屆）	20,000（屆）	20,000（屆）
	高速公路通行費	4,800（月）	4,800（月）	4,800（月）	4,800（月）	4,800（月）	4,800（月）
津貼	餐費	78,400（年）	78,400（年）	78,400（年）	112,000（年）	11,200（年）	11,200（年）
	國外考察旅費	120,000（屆）	120,000（屆）	120,000（屆）	120,000（屆）	120,000（屆）（審查刪除）	無
	國會外交費	320,000（年）	320,000（年）	320,000（年）	320,000（年）	320,000（年）	320,000（年）
	交通費	實報實銷	實報實銷	實報實銷	實報實銷	共列41,480,000	共列41,480,000
	健康檢查費	11,080（年）	11,080（年）	11,080（年）	18,000（年）	18,000（年）	18,000（年）／人
	立法研究補助	100,000（年）	100,000（年）	100,000（年）	100,000（年）	100,000（年）	100,000（年）
	研究室租金補助	20,000（月）	20,000（月）	20,000（月）	20,000（月）	20,000（月）	20,000（月）
公費助理補助	助理公費	300,000（月）	300,000（月）	300,000（月）	300,000（月）	300,000（月）	300,000（月）
	助理年終獎金	450,000（年）	450,000（年）	450,000（年）	450,000（年）	450,000（年）	450,000（年）
	助理自強活動費	18,000（年）	18,000（年）	18,000（年）	18,000（年）	18,000（年）	30,000（年）
	加班費	無	60,000（月）	60,000（月）	60,000（月）	60,000（月）	60,000（月）
	統籌事務費	6,288（月）	6,288（月）	6,288（月）	6,288（月）	6,288（月）	10,480（月）

僑選立委：92年度平均每人國外旅費為112.5萬，91年度為75萬（總額600萬增為900萬）

附表二　　90～92年度優惠存款利息補貼一覽表　　單位：元

名稱	90年度預算	91年度預算	92年度預算	利率	法源依據
資深國代退職給付 資深立委退職給付 資深監委退職給付	167,055千元 26,207千元 5,038千元	115,055千元 22,837千元 4,408千元	151,579千元 22,837千元 3,884千元	18%	無
公務員退休金	3,436,119千元	3,836,119千元	3,834,671千元	18%	退休公務人員優惠存款辦法
政務官退職金	84,429千元	103,347千元	157,945千元	18%	政務官退職酬勞金優惠存款辦法
學校教職員退休金	921,510千元	2,597,661千元	1,897,661千元	18%	學校教職員退休金優惠存款辦法
軍人儲蓄	310,000千元	103,824千元	96,000千元	一年定存利率加50%	軍人儲蓄辦法
退除役官兵優惠存款	10,830,428千元	13,871,363千元	15,672,425千元	18%	陸海空軍退伍除役官兵退伍金優惠存款辦法
警察未經銓敘人員	16,813千元	28,473	44,041千元	18％	無
合計	15,780,786千元	20,671,427千元	21,881,043千元		

八十一年度62億，十年成長2.5倍，每年平均成長十億。八十四年退撫新制實施後之年資退休金，不得存領優惠利息補貼。

出國考察
——兩位專員出國預算九百萬

爲節約支出，行政院宣稱九十二年度將通案刪減各機關國外旅費兩成，但經檢視各機關九十二年度預算書，像考試院、行政院人事行政局等機關根本是未減反增；而內政部九十二年要派人到大陸陝甘、新疆考察，每人十二天旅費高達二十三萬元，浪擲民脂民膏的「頂級」行程，令人咋舌。

更離譜的是，正當高達三十萬民眾繳不出健保費用，行政院衛生署菸害防制及衛生保健基金，菸害防制單位僅有兩位專任人員，竟然在九十二年度編列了九百萬元的國外旅費，要到越南等地考察。立委侯彩鳳、楊麗環因此痛批不知民間疾苦的衛生署，實在是「凱子署」。

因爲國庫債台高築，行政院宣稱九十二年度各機關國外旅費要通案刪減兩成，但經檢視各機關預算書，發現考試院、行政院人事行政局等機關都未減反增，而內政部也只減少四％，總共編列了二千四百多萬元的國外旅費，其考察地點、名目更令人啼笑皆非，而旅費更是一般遊程的三倍，堪稱「驚天價」。

在九十二年度預算書上，內政部表示要派人到國外考察「政黨審議業務」，重點是瞭解政黨組織運作、法律規範及政黨補助制度，結果，選定的竟然是政黨政治少被樹爲典範的義大利和西班牙；九十年度，內政部也曾以同樣名目派人到該兩地及匈牙利考察。另外，爲了建立對宗教團體的管理機制，內政部選擇考察的地點竟是大陸華中、華南地區，令人質疑大陸對宗教管理值得借鏡？

除了考察地點和項目被部分立委認爲是「笑掉大牙」，內政部旅費偏高幾乎雄冠各部。像九十二年度赴義、西考察，三人十二天編列六十五萬元，平均一人要用掉人民納稅錢二十一萬六千多元，幾乎是坊間旅遊行程的三倍，九十一年派人到挪威、芬蘭，每人十天編列十九萬元，也遠超過一般民間行情。到大陸陝西、甘肅、新疆十二天，平均一人旅費超過二十三萬元，更是「頂級」價格。

更誇張的是衛生署菸害防制及衛生保健基金會，該基金主要經費來源，是「菸酒稅法」

實施後附加開徵的菸品健康捐，迄今已有新台幣十億元健康捐納入。結果，此只有兩位專職人員的基金，在九十二年度預算書中，衛生保健計畫編列近八億九千萬元，其中國外旅費竟占了一千一百五十一萬元；菸害防制預算一億三千五百萬元，國外旅費為九百萬元。其中菸害防制單位僅有兩位專職人員，衛生保健部分也只有十八人。

立委侯彩鳳、楊麗環等人不滿質疑，菸害防制及衛生保健的業務如果需要國外交流，大可以用網路及電子郵件，不一定要出國，這個基金只有兩人專任，一年卻編列國外旅費合計高達二千萬元，比編制五百二十人的國民健康局國外旅費還多，明顯浮濫多編，特別是現在三十萬人繳不起保費，這個基金會的管理顯然不知民間疾苦。

衛生署的解釋更令人氣結，本來說考察地點很多，不只美、日，還有越南等地，後來又說，菸害防制及衛生保健基金會雖然只有兩人專任，但是九十二年預計要邀請八十位不同的專家學者、反菸團體參加世界衛生大會「菸害防制公約」架構大會、美國疾病管制局菸害防制交流計畫會議、亞太拒菸協會大會等國際性會議，因為出國人數多、出國天數長，所以才有編列二千萬元國外旅費。立委們聽了以後直搖頭，不解為什麼要到越南等地？又為何要編那麼多錢補助八十人？

至於考試院九十二年度國外旅費則不減反增六．五%，人事行政局也比九十一年度成長五·三%，無視於政府財政拮据，其中人事行政局考察的地點，更和以往迭有重複。如果更進一步檢視各機關考察的地點、名目，可發現九十二年和九十一年變化不大，甚至連出訪人員也都集中在中高層主管。

過去在各機關的預算書上，更清清楚楚寫著派員出國的地點，包括世界知名的度假勝地，如關島、拉斯維加斯、夏威夷、邁阿密、塞班島、摩納哥等，引起不少立委抗議。彭百顯擔任立委時，因此就出國預算做大規模「地毯式」的清查，在翻遍近三百本預算書後發現，政府每年至少編列了四千零九十七人次準備出國，總計出國天數達十萬九千八百九十三天次，平均每人要花費十九萬九千元。至於全國十七萬公務員中，平均每天超過二十五·七人在國外「辦公」，地點遍及五大洲。

不過，在這幾年立委抗議太多機關「假考察之名行觀光之實」後，過去俯拾皆是的度假勝地突然都不見了，近幾年預算書中取而代之的是，只有美國、英國、瑞士等國家名稱，有的機關甚至連地點都省下不寫，導致立委審查困難。

近幾年預算書上的出國名目更是名堂百出，至少包括：進修、考察、出席會議、實習、訓練、研習、訪問、瞭解、洽談、諮商、觀摩、督導等，令人目不暇給。但不只成效堪慮，甚至有的還出現牛頭不對馬嘴的項目，像陸委會竟編列派人遠赴世界各國，表示是要蒐尋大陸政策相關資料。

儘管近年來國庫日趨困窘，但中央政府編列之出國預算（即出國旅運費）仍居高不下，一年直逼近二十億元，且雜亂編列在各單位的預算書中，不僅編列格式不一，甚至連名目都呈五花八門，導致立委審查困難，最近不少立委翻遍二百多本預算書追查九十二年度出國預算，都慨嘆「好像在看無字天書」。

以外交之名，行觀光之實

另外，立委「以國會外交之名，行觀光旅遊之實」案例不斷，也使得此預算備受質疑。

早在當陳水扁總統擔任立委期間，有次立法院國防委員會赴美考察團在行程中安排了「拉斯維加斯賭城」，陳水扁因此召開緊急記者會，聲明退出且痛批立委不應「假考察，眞觀光」；部分立委更直言，立委考察團在出國十天中，如果有兩天以上眞正用在考察或從事國會外交，就已經算不錯了。

近幾年，更發生有些立委考察團因爲不懂國際禮儀，或在國外高談闊論，被援爲笑譚，甚至引來友邦抗議。有一年，由某些立委組成的紐澳訪問團，團員中不少是立委家人和助理，卻要求全部比照立委享受入關禮遇，引起對方不快，致函我立法院「抱怨」，祕書處因此緊急發給每位立委一份出國須知。

依照規定，立委每會期，也就是每半年可出國一次，每次預算十六萬元，亦即國庫一年支應立委三十二萬元出國，僅九十一年一年，就要花掉國庫七千二百萬元。另外，還編列一筆國外考察旅費一千兩百萬元，每位立委每屆一次，亦即三年內還可以再出國一次，每次預算十二萬元，不過此經費在九十一年底審查時，於立委自清聲中遭到刪除。

在九十二年度預算書中，立法院從善如流，未再編列每三年內可以再出國一次的國外考察旅費，國庫因此省下近千萬元。但多數立委出國行程仍以觀光居多，有人甚至以親友旅遊單據報銷，更有立委向各部會，甚至向企業募集出國經費，立委們要獲得民眾的尊敬，看來還有一段漫長的路要走。

但求出國，不問目的

我國正處於政經體制轉型的關鍵時刻，政府官員出國考察「取經」自有其必要。惟出國金額和人數近幾年一再攀升，而且考察地點和項目每年重複，出國人員又大多集中在中高層以上主管，特別是每年花費鉅額人民納稅錢，卻始終未見具體成效；如何避免考察淪爲觀光或酬庸，甚至追求在精簡預算後，讓每一分出國經費發揮應有的功能，行政和立法部門都不應再漠視。

更嚴重的是，從近幾年中央政府總預算書中，可以看出考察地點和項目有年復一年重複的現象。像立法院近幾年連續編列「中高級職員出國考察」，計畫前往的國家都是紐西蘭、澳大利亞、新加坡，名義是要「拜會國會行政組織及運作」。

尤有甚者，不少機關的出國人員集中在中高層主管，反倒是專業和勤奮的基層人員少有出國考察、進修的機會。由於中高層主管頻頻出國，去的地方常是觀光勝地，回來後又拿不出具體貢獻，此項本來是出國「取經」的設計，反而成了打擊專業和勤奮基層士氣的殺手。

而諸多「但求出國，不問目的」的考察更是要不得。像有一年，竟然有交通部越俎代庖考察勞工管理、觀光局參加各地經濟會議，比經濟部還忙，以及陸委會到世界各國搜集大陸政策資料等奇怪現象。

當務之急，行政和立法部門應盡速制定明確的出國經費、地點和考核標準，對各機關申請出國人次、金額是否過於浮濫、出國天數是否太長，嚴加規範，以杜絕不當的浪費。更重要的是，對出國取經後的「產品」應嚴加考核，不可再放任回國後根本不提報告（目前只有考察、進修必須提報告，其他以訪問、訓練、觀摩等林林總總名目出國者都不用），對所提報告也不能允許濫竽充數、虛應了事，精心提出的報告更不能冰凍，方可使部分想拿公帑出國觀光旅遊者止步，優秀和專業公務員公費出國的功能也才能眞正得以發揮。

豪華租殼
——三部會辦公室年租金上億元

有位企業主到台北火車站對面的忠孝東路崇聖大樓租辦公室，屋主開價一坪一千九百元，早已打聽過當地租金的企業主認為價格還算合理，但心想或許可以「時間換取金錢」再殺低一點，所以故意說等過幾天再來看。不料，當他三天後氣定神閒想去殺價，屋主告訴他早租出去了，而且租金是每坪近二千五百元，承租的是行政院大陸委員會。

此「天價租屋」事件直到幾年後才傳到立法院，多位立委一窩蜂追查過去幾年陸委會的租金。結果發現，預算員額只有二百四十三人的陸委會，一年竟花了五千四百九十多萬元租用該辦公室，因此要求行政院盡速興建兩棟聯合辦公大樓，將陸委會等以天價租殼的機關遷入。

但陸委會遷出後不久，行政院原住民委員會卻又遷入該大樓，預算員額只有一百八十八人的原民會，租金不降反升。到了九十一年度，原住民委員會所編列九十二年度要用於租辦公室的租金，竟高達一億零四百萬元，亦即一個不到二百人的機關，每個月要耗費八百六十六萬多元的公帑，租用面積二千八百七十五平方公尺的辦公室。

類似的天價租殼、浪擲民眾納稅錢的狀況，還出現在不少機關。在九十一年，光是年租金同樣上億元的部會，就還有兩個：

一、**衛生署**，員工八百七十二人，租用辦公室的預算是一億零二百多萬元，租用面積一萬七千九百零三平方公尺。

二、**環保署**，員工八百五十八人，九十一年用於租用辦公室預算爲一億零八十四萬多元，其中主要是位於台北市中華路一段四十一號的環保署所在地，年租金爲九千三百零四萬多元，租用一萬四千三百五十八・四七坪辦公場所，另位於高雄縣鳳山市元南街和台北市延平南路的南、北區督察隊，需要年租金共七百八十多萬元。

在民國八十五、八十六年兩棟中央聯合辦公大樓陸續完工進駐前，中央政府各部會（尚未包括省府和各縣市鄉鎮政府），每年用於租用辦公室的租金，高達近二十億元。後來，內政部、陸委會、蒙藏委員會等「租用辦公室大戶」進駐中央聯合辦公大樓後，在外租用辦公室數減少，但租金卻未大幅減少，加上原住民委員會、客家委員會相繼成立，不少機關新租辦公室，租金又逐年攀升，最近每年中央政府用於租用辦公室的租金，總計仍高達近二十億元。

經多位立委辦公室翻遍二百多本各機關總預算書，清查出九十一年至少還有以下機關天價租殼辦公：

- **文化建設委員會**，員額七百八十八人，年租金八千八百六十六萬多元。其中主要是文建會本會所在地，年租金七千一百十四萬多元，租用九千七百九十八平方公尺。
- **財政部台灣省北區國稅局**，員額一千六百五十八人，年租金七千一百七十四萬多元，另需一百三十八萬元修繕費，租用面積三萬五千三百多平方公尺。
- **勞工委員會**，員額三百五十五人，年租金七千一百二十八萬元，租用面積八千九百一十平方公尺。
- **公共工程委員會**，員額二百二十五人，年租金五千二百八十萬元，租用面積六千三百二十四平方公尺。
- **財政部台灣省中區國稅局**，員額一千四百五十六人，年租金四千八百六十三萬多元，租用面積三萬五千多平方公尺。

・**台北高等行政法院**，員額一百七十八人，年租金四千八百二十萬元，租用面積八千八百七十八平方公尺。

・**消防署**，員額三百四十人，年租金三千七百二十九萬多元，租用面積四千二百十三多平方公尺。

另外，九十年六月十四日成立的客家委員會，員額爲三十八人，九十一年增加爲五十一人，結果其辦公室租金，竟編列高達二千五百七十六萬六千元，租用面積三千二百二十六平方公尺。客委會年度總預算四億三千零六十六萬多元，其用於租辦公室的經費，竟達其全年總預算近百分之六，亦即客委會九十一年每一百元預算當中，有六元是先支付辦公室的租金，剩下的錢才能付人事費和業務費。

就客家委員會從主委、副主委到三處、二室首長，以至於技工、工友五十一人，九十一年所需人事費爲五千二百多萬元，其租辦公室的經費，竟等於所有人事費的近半數。更令人吃驚的是，將其年租金除以十二個月（月租金二百十四萬七千多元），再除以其員工數五十一人，等於四萬二千一百零一元，即平均每個月，國庫要幫每位客委會員工支付四萬二千一百零一元的租用辦公室費用。這樣離譜的預算，竟從客委會，一路通過行政院主計處以至於院會通過，甚至長久以來，多數類似辦公室租金預算都在立法院順利過關，就可看出我們的行政、立法機關是多麼不重視總預算的審查。

另一「奇觀」發生在立法院，近幾年立委席次不只大幅增加、權限大幅擴張，辦公處所也大幅增加。在第一會館不敷使用下，要求位於立院附近青島東路上的青輔會分處遷移，以便將該處做爲立委第二會館，供十一位立委及其助理辦公。勉強同意的青輔會改到忠孝東路上租一辦公室，一年租金一千五百三十萬元，所需經費由立法院支應，亦即這十一位立委及其助理，一年用了一千五百三十萬元的公帑租辦公室。

直到最近，儘管各地房租價格直直落，但政府用人民納稅錢到外面租辦公室，租金仍遠高於市價，租用面積又遠超過規定，像九十二年度預算書中，行政院環保署表示，要動用國庫一億六百多萬元租辦公室；而最近剛搬家的文建會，九十二年租金如果平均分給每人員工，則每人每月可分到三萬六千多元，亦即國庫除付給薪水外，每月還要幫文建會每位員工負擔三萬多元的辦公室租金。氣得連部分執政黨立委都要求應把租金省下來直接購買或興建辦公大樓。

從九十二年度預算書上可發現，以上多個被點名的機關最近都搬了家，爲國庫省下至少二億元，像原住民委員會的租金，一口氣從上億元，陡降爲二千六百多萬元，省下可觀的民脂民膏，値得讚賞。不過，改革幅度還是有待加強。環保署編列九十二年要租用辦公室的金額還是上億元，另年租金超過五千萬元的，還有北區國稅局、文建會、衛生署、勞委會，而公共工程委員會年租金也逼近五千萬元。而且多數租金都還是比一般市價高出不少，尚須進一步改革。

立委楊麗環委託不動產業者估價，發現勞委會搬到五月花旁邊後，九十二年度租金近五千九百萬元，比九十一年度的七千一百萬元省下不少錢，可是，每坪每月租金一千八百零二元，比附近合理租金一千五百元高出不少。以勞委會租用面積二千二百多坪推算，勞委會本來有機會幫國庫省下一千萬元。

文建會搬家後，九十二年度租金也比九十一年度的八千八百多萬元減少近三百萬元，不過，每坪租金一千八百七十九元，也是高於附近合理租金每坪每月一千七百元。而原民會和衛生署承租的辦公室，也分別比市價高出十三%與八%，國庫每年因此多付出數百萬元。

另一亟需改革的是，依照「行政院事務管理規則」第二百十五條規定，各機關辦公室的面積以每人三．三平方公尺，約合一坪爲原則。如果把公共設施和洽公等土地面積列入，則每人約二．四二坪。但多數機關到外面租辦公室，卻都超過此規定的標準好幾倍，也導致租金水漲船高跟著增加好幾倍，浪擲人民納稅錢。

文建會員工一共一百九十七人，租用的面積竟高達三千八百零二坪，平均每位員工使用空間十九・三坪，遠高於規定的二・四二坪，導致政府一年爲文建會每位員工付出的租金，竟高達四十三萬五千多元，甚至比一般企業員工一年薪資還多。而位於信義計畫區的客家事務委員會，從主委、副主委到工友，一共只有七十四人，卻租用了近千坪的辦公室，平均每人使用十三・二坪，每人每年租金三十四萬八千元。

平心而論，像文建會主委陳郁秀、勞委會主委陳菊等首長願意辛苦搬辦公室，爲全民省下辛苦納稅錢，都是值得肯定的。但在國庫困窘下，改革速度應該再加快、幅度再擴大。執政黨立委賴清德等人就舉例，全國地標新光三越站前大樓，地上五十一層、地下七層，總坪數高達三萬五千坪以上，興建成本只需七十億元，政府只要花三年租金，至少可以蓋兩棟新光三越大樓，可讓所有無殼機關遷入合署辦公。

依照審計部的調查，政府更有很多荒廢的大樓，特別是合作金庫等許多金融機構動支數十億元購置了不少大樓，卻直到現在還在關蚊子，如果盡速將天價租用辦公室的機關遷入閒置的大樓，國庫一年至少可以省下十多億元的房租。政府與其每天喊窮，還不如趕快更進一步解決此每年都浪擲人民納稅錢的「房事」問題。

特別是每年動輒編列四千萬以上，甚至上億元的租金，如果改爲購屋預算，例如將租金改爲購屋分期付款五、六年，再貴的辦公大樓也買下來了。可是，不少機關都是已經租了十年以上，耗費了數億元的民脂民膏，未來還要納稅大眾每年幫這些機關付鉅額的辦公室租金。

新政府若能大刀闊斧面對問題，例如改在國有土地上廣建辦公大廈，讓無殼機關優先遷入，甚至可提供土地與民間合作，由民間興建後分得部分樓層供給無殼機關遷入使用。如果限於經費不足無法立即改建或購置，也可以辦理銀行貸款將目前承租的大樓買下，此多年沉啃實際上並非那麼難以解決。

辦公室比套房更貴的機關

一個月一萬五千元，足夠在台北市鬧區租一間套房；部分小家庭租賃全家生活的房舍，每月甚至還不到此金額。但政府部分機關每月租用辦公室的租金如果平均分給該機關所有員工，每人每月竟然可以分到一萬五千元以上，等於政府如果幫該機關每個人找一間套房辦公，租金反而比現在便宜。

將九十一年租金平均分給每位員工，最昂貴的是原住民委員會，該會一百八十八位員額中，國庫平均每月幫每人負擔四萬六千零九十九元的辦公室租金；其次是客家委員會，每月四萬二千一百元；第三的是台北高等行政法院，二萬二千五百六十五元；第四是公共工程委員會，平均每月每人一萬九千五百五十五元；第五勞委會，每月每人一萬六千七百三十二元。

第六名以後的機關，儘管年租金居高不下，但因人數較多，所以平均每月每人租金較低，但也高達近萬元，包括：環保署，平均每月每人九千七百九十四元、衛生署，九千七百四十七元、文建會，九千三百七十六元、消防署，九千一百三十九元。

至於年租金分別爲七千多萬和四千八百多萬元的財政局台灣省北區國稅局和中區國稅局，因員額都爲一千多人，平均後每月每人租金較低，前者僅三千六百多元，後者因中部地區地價較爲便宜，平均每月每人辦公室租金只要二千二百五十六元。

租金這麼貴，原因之一是承租價格太高，許多機關爭相要在精華區租辦公室，又不把民脂民膏當一回事，當冤大頭任憑業者敲竹槓；另一主因則是每人平均分配到的辦公室面積遠比一般機關員工大得多，像一般機關每位員工平均能分配到的辦公室空間大多只有三、四坪，但這些租殼的機關，平均每人分配到的空間卻幾乎都在六坪以上，甚至有分配到十一坪以上者，無怪乎租金高得驚人。

而在這些機關當中，除了台北高等行政法院需要比較大一點的地方，且有民眾會前往洽公，其他幾乎都是以辦公室爲主，一般民眾洽公找的是其進駐各級地方政府的業務單位，實在很難說服民眾，爲什麼單純的辦公室要那麼大又那麼貴。

中央政府92年度高價租用辦公室排行榜

附表一

單位	一年租金(元)
環保署	106,519,000.00
北區國稅局	87,298,000.00
文建會	85,749,000.00
衛生署	70,893,000.00
勞委會	58,976,000.00
公工會	49,518,000.00
消防署	45,550,000.00
僑委會	42,870,000.00
原民會	26,400,000.00
客委會	25,766,000.00

註:僑委會部分爲駐外會館租金

92年中央機關每人每月租金排行榜

附表二

單位	單位人數	每人每月租金
文建會	197	36273
客委會	74	29016
原民會	199	22080
僑委會	303	21887
公工會	224	18422
衛生署	575	15721
勞委會	327	15030
消防署	293	12955
環保署	816	10878
北區國稅局	2281	3882

資料來源：立委楊環國會辦公室

92年度各機關每人使用空間比較表

附表三

單位	使用總面積（含自有及租用）	每人空間
文建會	3802.40	19.30
客委會	975.90	13.20
僑委會	3664.10	12.10
公工會	1965.00	8.80
原民會	1736.90	8.70
衛生署	4873.60	8.50
勞委會	2727.60	8.30
內政部	8624.00	8.10
環保署	43302.70	7.70
北區國稅局	16885.60	7.40
消防署	1610.50	5.50

單位：坪

天價起厝——大興土木一年一百五十七億

要解決辦公室和房舍不夠，財政困窘的政府應是先整理閒置的房舍，要興建新大樓，土地也應以公有地優先。但不少機關卻大肆購地，又大興土木，光是九十一年度預定動支的房屋建築預算，就高達一四三億一千多萬元，九十二年度更攀升爲一五七億九千多萬元。

其中司法機關、審計部各縣市辦公室，和各地警察局、消防局，更是多處同時開工。

另外，政府還投入鉅額經費修繕辦公室和房舍，像總統府在九十一年動支二億三千二百多萬元修繕介壽館（九十年已經先動支五千六百多萬元）。台北賓館也全面整修，總經費三億元。

最近政府機關興建新辦公大樓，有二個代表性個案，一是國立中央圖書館台灣分館遷建新館工程，號稱「特殊建築」，總經費二十一億八千八百萬元，從民國八十一年開始編列，九十一年度要動支五億元，比九十年度整整增加二億七千三百萬元。另一是國立台灣科學教育館遷建新館工程，同樣標榜「屬特殊建築」，總經費四十八億六千三百多萬元，從民國八十五年開始編列預算，九十一年度要動支九億一千六百多萬元。其他辦公大樓也是動輒數億元，少見有因國庫困窘而撙節開支者。

司法院更提出「司法機關遷建計畫」，總計動支八億九千二百多萬元，除台灣高等法院興建司法第二大廈外，多個地方法院如雨後春筍同時動工中，包括：台北士林地方法院興建第二辦公廳舍、板橋地方法院興建檔案大樓、台東地院增建辦公大樓，嘉義、宜蘭、台南、澎湖地院則同時都遷建辦公廳舍。

警察機關更在全國超過三分之二以上縣市大興土木，總金額八億七千九百多萬元。而消防署也編列四億二千五百多萬元，要在九十一年整建台灣省及高雄港務消防隊等共三十四處基層消防廳舍。

許多機關老舊或空間狹小，適度擴建並無不可，特別是警、消許多辦公廳舍確實老舊。不過，每年高達一百四十三億元的房屋建築經費，偏偏政府又閒置那麼多位於精華地區的土地與房舍未利用，特別是政府累計債務餘額已經高達近三兆元，導致諸多政務的推動受到納稅錢必須先用於還本付息的排擠，更讓每一國民背負鉅額債務，要興建或修繕辦公廳舍，還是得適可而止。

單位：新台幣千元

	設備及投資				
資訊設備	什項設備	權利	投資	其他資本支出	
5,432,091	4,172,099	100	84,999,082	133,434,883	323,005,915
195,319	296,377	-	-	-	2,020,954
1,101,252	368,055	-	1,972,349	4,682,693	9,519,868
243,263	91,935	-	-	-	347,198
128,659	68,678	-	-	-	1,605,970
24,103	-	-	5,799	55,963	
35,971	-	-	-	112,988	
1,252,013	481,033	-	5,472,097	8,827,477	26,222,161
52,938	48,136	-	-	700	624,318
620,420	263,473	-	1,000,000	7,690	10,534,142
200,334	93,720	-	7,548,389	15,587,276	24,344,544
187,425	681,488	-	8,941,467	17,046,336	30,248,112
142,201	429,735	-	-	-	1,283,112
203,382	45,444	-	4,801,662	4,335,820	21,126,101
258,285	261,895	-	14,874,500	21,662,228	72,678,172
1,000	830	-	-	700	2,530
23,959	11,031	-	-	17,724	106,476
56,959	51,650	-	-	633,955	1,608,044
53,465	30,291	-	20,449,473	7,473,456	32,503,693
23,642	31,094	-	-	-	485,784
206,802	189,650	100	18,712,115	7,333,713	36,853,848
12,947	7,291	-	-	-	75,721
288,896	38,566	-	1,227,030	2,805,012	4,605,756
34,827	35,984	-	-	5,004,304	5,244,773
89,564	577,647	-	-	-	2,760,794
6,996	8,022	-	-	33,010,000	33,034,893
-	-	-	-	1,500,000	1,500,000
-	-	-	-	3,500,000	3,500,000

中央政府各機關資本出分析表

科目		設備及投資				
款	名稱	土地	房屋建築	公共建設	機械設備	運輸設備
	合計	12,696,072	15,792,377	59,184,468	5,063,729	2,230,996
2	總統府主管	36,000	930,845	-	554,663	7,750
3	行政院主管	100,000	1,217,518	24,760	36,621	16,620
4	立法院主管	-	1,000	-	700	10,300
5	司法院主管	204,280	1,143,098	-	2,055	59,200
6	考試院主管	-	-	-	6,180	19,881
7	監察院主管	30,012	17,353	-	1,990	27,662
8	內政部主管	762,446	957,824	6,926,265	1,195,340	347,666
9	外交部主管	-	420,000	-	4,550	97,994
10	國防部主管	3,309,536	2,869,406	996,923	1,089,148	377,546
11	財政部主管	199,944	573,316	-	132,950	8,615
12	教育部主管	7,300	3,273,591	54,140	52,990	3,375
13	法務部主管	-	677,086	-	4,750	29,340
14	經濟部主管	2,527,120	187,711	8,896,532	111,808	16,622
15	交通部主管	716,800	653,675	33,839,512	271,847	139,430
16	蒙藏委員會主管	-	-	-	-	-
17	僑務委員會主管	-	53,462	-	300	-
18	國軍退除役官兵輔導委員會主管	13,620	842,010	-	9,850	-
19	國家科學委員會主管	4,450,700	3,870	-	42,438	-
20	原子能委員會主管	-	83,973	-	345,735	1,340
21	農業委員會主管	125,923	1,465,875	8,444,836	355,998	18,836
22	勞工委員會主管	-	-	-	51,177	4,306
23	衛生署主管	63,573	48,695	-	132,128	1,856
24	環境保護署主管	-	-	-	158,678	10,980
25	海岸巡防署主管	148,818	363,694	-	510,021	1,071,050
26	省市地方政府	-	8,375	1,500		-
27	災害準備金	-	-	-		-
28	第二預備金	-	-	-		-

捐助委辦
——立委蠶食鯨吞捐助預算

儘管國庫債台高築，但政府每年都要編列三百多億元的捐助費，和兩百多億元的委辦費（若採較寬鬆標準，捐助及委辦費金額更突破千億元）。可是，不只執行成效和如何監督有待加強，更發生有部分人士鯨吞捐助費，和委辦單位集中在政府捐助成立的財團法人等情況，甚至有捐助和委辦項目重疊，造成重複補助，亟待正視。

其中一大問題是立委穿針引線使捐助預算過度集中。有一年，內政部的年度預算中，計畫用於補助民間身心障礙團體的預算爲二億多元，但某桃園縣選出的立委卻堅持該年度必須補助其縣內某身心障礙團體近二億元。儘管立委徐中雄等人堅決反對，但國民黨立院工作會主任廖福本以該委員放棄總質詢爲由，要求黨籍立委支持，形成該年總預算審查一場罕見的拉鋸戰。

除了上述實例，經進一步查閱內政部近幾年對身心障礙團體的補助資料，更令人詫異地發現，部分民間身心障礙團體動輒要求補助上億元，而且常常是有立委們幫忙爭取；至於所獲得的補助款，最主要是用於「興建大樓」，像景×殘障教養院申請一億六百多萬元興建大樓、北部地區某一啓智技訓中心申請二億三千多萬元作爲「某一教養設備」的經費。每年一、兩家民間團體「鯨呑」捐助款的結果，造成絕大多數「沒辦法」和未找民代撐腰的民間團體申請不到補助，形成捐助預算獨惠少數團體的怪象。

據徐中雄表示，他進入立法院不久就發現少數幾個團體壟斷的情況相當嚴重，而且歷年來「獅子大開口」的團體，幾乎都集中在桃園縣和台北縣，導致全國其他上千個身心障礙團體無法獲得補助，或只能「撿零頭」得到幾萬到數十萬元。

此例子，事實上只是立委蠶食鯨呑「捐助民間團體」預算的冰山一角，立委幫忙申請「捐助民間團體」預算較爲常見的至少包括以下三大類：

第一種是由立委主導組成基金會，目前至少有四十個。其中不少對立委問政發揮相當大的功能，也未接受過政府的補助。但有部分立委的基金會卻以政府資助爲主要財源，形成了監督行政部門者向其監督對象要錢。其中較專業的立委和基金會在要了政府的補助後，或許還發揮了某些功能。像呂秀蓮副總統在擔任立委時主導的新女性聯合會，在八十三、八十四年度主辦世界婦女高峰會議，獲得國際和外交部的好評。可是，有某些立委倡導成立的基金會，和部分找立委掛名董監事的基金會，除了未遵守監督者不應向被監督者要錢的民主基本守則，拿了錢後更絲毫不見爲國家和全民做了任何貢獻。

上述引發徐中雄和某桃園縣立委的申請補助風波是**第二種**類型。立委爲自己選區的團體申請補助，只要是合法，並無不可。可是，獅子大開口一口氣要求補助近二億元，就很難解釋不是利用特權施壓，遑論該立委和代爲申請團體是否有利益糾葛？立委在替自己選區選民或團體爭取權益時，應注意是否合法、合理？據了解，除內政部之外，以上類似狀況在經濟部也不乏例子。

第三種類型是，少部分民代自己製作或主持節目，向新聞局或教育部伸手要錢補助。所以，立委們如果眞有決心自清，除了督促各機關盡速公布其所補助的基金會中有哪些是立委所主導？又有哪些基金會或團體的鉅額補助是由立委力爭、施壓？加上哪些立委伸手要求對自己的節目補助？更應該考慮早日公布名單，並整體檢討如何杜絕立委利用職權向行政部門施壓和要求補助。

而政府每年高達三百多億元的民間捐助，之所以成爲某些民代的禁臠，係政府始終無法制定捐助的標準和每個團體最高捐助金額，事後又未能有效檢視捐助金額所發揮的功能，而且又沒能明確要求由會計師公證補助款流向，造成漏洞百出，故應負起相當的責任。所以，除了立委們應加強自清，行政院也不應任由鉅額預算在無聲無息中快速流失，特別是國庫債台高築時，應檢討刪減不必要的捐助費。

委辦與捐助重複編列壟斷資源

除了每年超過三百億元的捐助民間預算，政府每年度總預算中還編列了二百多億餘元的委辦費，其中單是經濟部就占了上百億元。不只委辦標準亟待建立、監督困難，而且有多處與捐助民間預算部份重疊，有重複編列之虞。

由於委辦事項，特別是鉅額委辦事項，幾乎都是委託政府捐助成立的財團法人，多年來委辦標準屢受各界質疑，委辦成效也缺乏透明化的檢視管道，加上許多委辦機構和財團法人的董事長都是由行政部門首長轉任，更引發民間非議。

其中最引起爭議的是由政府捐助成立，每年編列鉅額委辦費補助的三十五個財團法人，過半都是由退休的政府首長擔任董事長，不只被譏爲已成了酬庸退休首長的養老院，而且增加了主管機關監督的困難。

目前由政府捐助成立的財團法人以經濟部最多，共計二十九個，另外財政部四個，交通部兩個，這些財團法人中許多被立委形容為功效不彰；並因為每年接受政府鉅額委辦和捐助預算補助，又包攬諸多政府工程，引起某些怨言。

這些財團法人更大的特色為其董事長不少是由退休或下台的首長轉任，「退而不休」的首長轉任其任內監督的財團法人後，平均薪資水準為每個月二十萬元，比其擔任政務官時更可觀，酬庸色彩相當明顯。更嚴重的是，該財團法人的上級單位大都是該董事長昔日的部屬和舊識，試問如何能有效監督？

委辦機構成為官員養老院立場曖昧

先進國家為了發展高科技和新產品，每年常編列鉅額委辦和捐助經費協助民間研究單位，我國大多數是中小企業，政府委辦和捐助民間研究機構更有需要，可是，這些機構不應成為政府首長的養老院，而且不能成了與民爭利的壟斷機構。

首長在退休後轉任其原本監督的民間機構，即已出現難以擺脫官商勾結的利益衝突陰影，如果轉任每年仍須由政府補助鉅額預算的財團法人，更令人難以相信其補助標準是否合適？偏偏我國每年的委辦費和捐助預算總額即高達五百多億元，補助對象又相當集中，難怪外界有壟斷之譏。

純就退休首長的人脈分析，當其轉任曾經監督和補助機構的董事長後，新任主管絕大多數不是舊日部屬，至少也是昔日舊識，試問新任主管如何有效監督？甚至委辦費和捐助款的分配上，如何能避免人情包袱？又多年來委辦投入那麼多錢，往往成效有限，然而，何時曾見有主管機關提出糾正或說明？

絕大多數首長轉任民間機關後，每月所領薪水比政務官還高。以我國目前給予退休首長的退休金，應已足夠安養老年，而許多首長退休後都已經是六十五歲以上高齡，除了酬庸性質，實在很難叫人相信一介白髮蒼蒼老者，仍需要轉任民間機構，這對該首長個人的聲望和專業形象，恐怕也是一大戕害。

最近內政部發現，以前政府捐助的財團法人基金會，部分未在組織章程中保障政府代表占董事會的席次，像海華基金會、蔣經國國際學術交流基金會，都出現舊政府代表仍以創會董事之名留任董事會，新政府難以介入。政府高層因此提出要制訂法規規範對財團法人的捐助，但被點名的海華基金會質疑民進黨是要找藉口拿回基金會主導權，蔣經國基金會則指政府捐助不同基金會有不同的目的，像該基金會扮演的是國際學術界瞭解中華民國的橋梁，最重要的是與政治脫鉤，才能保持學術的獨立性。民進黨政府未來與這些基金會間如何互動，值得觀察。

歲入短缺篇

稅課直落
──嚴重短缺又浮濫灌水

歲入爲政府會計年度之內的一切收入，也就是政府的可用資源。九十二年度中央政府總預算歲入編列一兆三三四三億元，較九十一年度（含追加減預算）增加三四一億元，成長二・六％。其中稅課收入爲九二九八億元，占歲入六十九・七％；營業盈餘及事業收入爲二三七八億元，占歲入十七・八％；規費、罰賠款、財產及其他收入爲一六六七億元，歲入十二・五％。

由「全國資源供需估測」結果，九十二年度經濟成長率預估值爲三・四六％，國民生產毛額（ＧＮＰ）爲十兆三六八一億元，歲入依此基準來估測，並將中央賦稅彈性設定爲一・〇。然而，我國九十一年度經濟成長率目前已由主計處原先估測的四・一六％滑落至

三・一四%，國內景氣復甦遲緩，政府消費和投資已是負成長，民間消費、投資在短期間要恢復以往動能，並不容易。

再者，台灣的經濟規模較小，與國際經濟情勢連動性甚高，但近十年來日本經濟低迷不振，目前仍正處於第三度經濟衰退。就連扮演世界經濟火車頭的美國，也因一連串的企業財務弊案而致股匯市大跌，第二季美國GDP亦因消費者支出大減，增幅驟降至一・一%，只有金融市場預測值的一半水準，八月初摩根士丹利首席經濟學家甚至預測，九十一年下半年美國經濟有六成以上的機率陷入二次衰退。歐盟因馬斯垂克條約(Maastricht Treaty)「穩定及成長法」牽制（政府預算赤字及債務餘額占GDP上限分別多三%及六〇%），財金政策相對保守。凡此種種，都將間接延緩我國經濟向上成長的腳步。因此，行政院預估的成長率目標勢必難以達成，歲入編列與稅課收入明顯高估。

一、稅課收入

稅課收入為政府收入之大宗，九十二年度中央政府總預算稅課收入編列九二九八億元，占總歲入六十九・七%，較九十一年度增加五一三億元，增幅五・八%。主要為增加證券交易稅二五〇億元，所得稅二〇二億元，營業稅八十四億元，菸酒稅二十億元，貨物稅十二億元，期貨交易稅十億元，減少關稅五十六億元，遺產及贈與稅十億元等。

受到政府長期以來實施各項租稅減免措施影響，近年來賦稅收入未能隨經濟同步成長，賦稅負擔率（賦稅收入占GNP比率）持續走低，由七十九年度高峰二〇．一%降至九十一年度的十二．九%以及九十二年度的十二．八%，不僅遠低於工業國家平均二十七．七%，亦較南韓十九．五%、新加坡十六．二%及菲律賓十八．〇%爲低。賦稅負擔率持續下降，財政結構不良，政府施政所需財源困窘，歲出規模不得不日益緊縮，不僅影響政府整體施政，也不利於財政穩定和經濟發展。

甚且，中央政府一至八月之賦稅收入，較九十年實徵數仍呈負成長十五．八%，短少達一〇九二億元（各級政府實徵數負成長九．六%，短少九〇四億元）。賦稅署甚至估計，全年實徵數將較預算數短徵九一六億元（各級政府共短徵一一五七億元）。由於已連續四年稅收較預算數短徵（自八十八年起分別短徵五〇三億元、七八八億元、六八〇億元），使得賦稅負擔率降至今年之十二．九%。其中資本及財產稅占GDP比率之低，是洛桑管理學院評比倒數第四名（四十九國中之第四十六名）。

在九十一年稅收已出現嚴重短差，且經濟復甦遲緩的情況下，總預算案預估九十二年稅收成長要有五．八％，幾乎是不可能的任務，也與歷年賦稅彈性爲〇．五一的事實不符，何況在九十年政府又執行多項減稅政策。連行政院主計長都坦承，九十二年的稅收預估確實是在經濟成長「非常樂觀」的情況下編列。

（一）所得稅

稅課收入中，與經濟景氣有高度相關者爲所得稅、證交稅與營業稅。九十二年度所得稅編列四五八五億元，較九十一年度增加四．六％，係參照經濟成長情形，並考量加強所得稅之查核及欠稅執行，予以樂觀推估。但所得稅反應上年度經濟情況，九十一年第一季經濟成長率爲一．二〇％，第二季爲三．九八％，預計全年經濟成長率呈三．一四％之成長。但因全球景氣潛藏變動風險，下半年經濟復甦腳步將趨緩慢。況且九十一年民間投資預估值僅〇．六五％，顯示我國長期的經濟成長動能仍呈停滯狀態；而同爲內需市場重要支柱的民間消費，全年實質成長率只有二．二％，略高於九十年的一．〇％，爲歷年來的次低水準。在此薄弱的經濟基礎下，所得稅成長率，很難有四．六％的偏高水準。

以下簡單推估九十二年度的所得稅合理預測數：

九十二年預估所得稅收 ＝ 九十二年度所得稅收 ×（一 ＋ 九十二年度ＧＮＰ年增

率×賦稅所得彈性）

九十一年度所得稅收爲四三八三億元，九十二年度GNP年增率爲四．〇三％，八〇年代之平均賦稅彈性爲〇．五一（非行政院設定之一），可得九十二年度預算編列之所得稅收應爲四四七三億元，超編一一二億元。以此方法估算九十二年度所得稅收，所得稅收已明顯高估，何況這兩年的賦稅彈性又較往年爲低。

（二）證券交易稅

證券交易稅編列九三〇億元，較九十一年度增加三十六．八％，係按平均日成交值一二四五億元，全年二四九個交易日，千分之三稅率來估算，此有重大誤差。因股市低迷，股市成交量值均減少，證券交易所統計資料顯示，九十年度平均日成交值僅八四八億元，而九十一年一至七月平均日成交值雖增加至一一七一億元，但與主計處所估算的一二四五億元仍有一段差距，因此九十二年度的證券交易稅收入情形並不樂觀。

（三）營業稅

營業稅核列一一九一億元，較九十一年度成長七．六％。係考量九十一年度營業稅起徵狀況，及未來我國經濟景氣應可持續成長等因素予以推估。然九十二年景氣難以樂觀推估，已如前述，營業稅距離七・六%的高度成長，應仍有一段距離。

（四）關稅

關稅核列八六二億元，較九十一年度負成長六・一%。係爲配合我國加入WTO執行關稅減讓，九十二年度將繼續執行關稅調降，並考量經濟成長及關稅調降可能增減稅收之因素編列。

二、營業盈餘及事業收入

九十二年度預算案中營（事）業收入核列二三七八億元，較九十一年度增加三八四億元，增幅十九・三%。其中，占最大部分的是各國營業事業繳庫盈餘，核列一六一五億元，較九十一年度增加四十二億元；作業基金賸餘繳庫數核列五六〇億元，較九十一年度增加二八四億元，主要係政院開發基金因出售股票增加賸餘繳庫數所致；投資收益核列二〇三億元，較九十一年度增加五十七億元。

獲利能力爲任何企業之經營命脈，國營事業盈餘除維持營運外，尚須挹注國庫資金，重要性不可言喻。九十二年度國營事業編列附屬單位預算者，共計二十九單位，較九十一年度減少二單位，係因中央再保險公司已於九十一年七月完成移轉民營，及台灣書店將於九十二年十二月底前裁併，改爲編製停業清理預算所致。綜計九十二年度預算列盈餘者有二十五單位，虧損者四單位，盈虧互抵後，共獲純益一五五一億元，較九十一年度減少一三五億元或八%。主要係中華電信公司、中國石油公司因電信、油品市場開放競爭，營業收入減少，及台灣電力公司燃料成本上漲，購電費用增加所致。經依法分配後，可解繳中央政府股息紅利共計一六一五億元，較九十一年度增加四二億元，增幅二．七%，主要係因中央銀行繳庫盈餘較九十一年度增加一五一億元所致。

國營事業盈餘向爲國庫的重要收入來源，政府實須徹底加以檢討國營事業經營方針，提出整頓或改造方案；委諸專業人才主政，以提升經營績效；加速移轉民營，及早結束營業狀況不佳的企業，俾免財務更趨惡化，加深對整個社會、經濟以及政府財政之傷害。

政府搶錢

——交通罰鍰暴增八成

政府財政困難，少見其反求諸己節省不必要的浪費，不解決至少上百億元的藥價黑洞問題，卻想盡辦法要從一般民眾身上搶錢。不只調漲健保費，九十二年度交通部編列的交通罰鍰預算，竟然高達一二九億九千多元，比九十一年度暴增八成一，而且展開大規模的汽車燃料費追討行動，就連七年前積欠者都列入強制追討範圍。

就交通部送到立法院的預算書，九十二年度交通罰款預算從九十一年的七十一億六千萬元，增加爲一二九億九千萬元，增幅達八十一．六%，引發在野黨立委砲轟，指經濟不景氣，政府沒有能力收稅，竟拿交通罰款補歲入不足，如同把人民當提款機；立委並質疑，在高達一二九億元的歲入壓力下，警方爲達業績，勢必被迫放下其他防制犯罪等重要任務，集中人力加強交通執法。

交通部長林陵三則宣稱，過去四年交通罰款的執行率都超過一〇〇%，八十七年度執行率達一一〇・六二%、八十八年度達一二三・九六%、八十九年度達一二八・四〇%，九十年度達一二二・七五%，九十一段截至九月底上，執行率達一〇六・一%，交通部是以每年成長十五%的幅度編列預算數。

後來經過協商，在野立委大刀一揮，將交通罰款歲入預算由將近一三〇億砍爲八十五億，規費收入三百多億元則一毛未刪，照案通過。

另外，繼財政部全面查稅後，交通部也展開大規模的汽燃費追討行動，初步鎖定八十四年至今未繳交汽燃費的汽車駕駛人，除全面寄發催繳通知書，近期內將把未補繳的駕駛人移送法務部行政執行署強制執行。

林陵三表示，截至目前爲止，九十一年度汽燃費繳交期限已過，監理單位卻只收到一八八億元，顯示有些駕駛人應繳未繳。監理單位已統計歷年來汽機車應繳未繳的汽燃費，總共有七十七億元，因此才展開強力催繳作業，增加的汽燃費歲入部分是過去民眾積欠的費用。

交通部官員更明白指出，九十年監理單位已開始追討欠繳汽燃費作業，並陸續開出處分書，移送法務部行政執行署依法強制執行。九十一年七月底繳交期限內未繳納汽燃費者，監理單位在九月底已完成清查作業，並於十月底展開催繳行動，再不繳納，九十二年一月將開具處分書強制執行。

另外一個令人不可思議的搶錢辦法是，當政府堅持調漲健保費、民眾荷包縮水下，健保局員工在九十二年度的職工福利金竟不降反升。如果進一步統計政府各單位的職工福利金和旅遊金，更高達四十一億元，且各單位間採取的標準不一。

健保局近三千位員工，九十一年底除可領取令人羨慕的四．六個月的年終獎金，還有每人四萬七千元的職工福利金。更離譜的是，翻閱健保局九十二年度的總預算書，當健保費調漲、民眾荷包縮水的狀況下，健保局員工九十二年度從大家繳交健保費中提撥的職工福利金，竟然反而多了近九千元，預定每人一年五萬六千多元。

進一步統計所有國營事業的福利金，九十二年總計編列三十一億三千多萬元。其中中央銀行員工和勞保局，每人編列的福利金更超過十萬元，前者為十一萬三千多元，後者十萬一千多元，中央信託局公保處每人九萬三千多元緊追在後，而所有金融機構也都呈現偏高狀況（見附表）。

依照「職工福利金條例」規定，凡是公營私營的工廠、礦場或其他企業組織，都應提撥福利金，提撥比率爲營業收入總額的萬分之五到萬分之十五。結果，各國營事業幾乎清一色都採用最高的萬分之十五，和民間企業多數採取最低成了強烈對比，造成許多國營事業每人一年的福利金動輒高達一、二十萬元。這幾年改革聲起，部分單位適度調降，但多數問題仍未解決。

最不公平的是，在二十九家國營事業中，九十二年度除六個單位外，其他全部仍採最高的萬分之十五提撥。而工作較爲辛苦的中央造幣廠、財政部印刷廠、唐榮鐵工廠、港務局、台糖等單位，每人每年的福利金都只有幾千元，但屬金融保險業和服務業的單位則每人都在二萬元以上，彼此間落差頗大。

更值得探討的是，多數單位的福利金是從員工辛苦工作的所得提撥，但排名前幾名者，不只工作較輕鬆，像每年每人要分十一萬多元的中央銀行，根本不是「營業收入」，而是對外匯的管理；勞保局、健保局更屬「代收代付」，卻被當成「營業收入」提撥，所以出現當健保虧損累累，民眾被迫多繳錢，健保局員工的福利金竟然不是減少，而是隨著大家多繳錢而增加提撥更多金額。

至於中央政府各部會的公務員，因爲不在該條例範圍內，所以未提撥福利金，但享有子女教育補助等各項福利，而且有旅遊補助，九十二年度，更出現一筆「文康費」，近十七萬中央部會員工，每人六千元，國庫因此要再多支出十億元。

立委審查總預算時，爲了幫民眾看緊荷包，國營事業多數偏高的福利金，應可適度刪減，特別是爲求公平，應修法調降服務業和金融業的調撥比率，讓其與辛苦的製造業平等，每年國庫更可因此省下數億元浮濫又不公平的支出。而各部會軍公教已經享有從搖籃到墳墓各項福利，類似文康費等超過十億元的支出，在國庫早陷入債台高築泥淖下，也應有所節制。

各國營事業職工福利金提撥比率及總金額一覽表

附表一

單位	提撥比率	提撥總金額（千元）
中油	千分之1.5	583142
台電	千分之1.5	500076
中華郵政	千分之1.5	463552
中華電信	千分之1.5	273208
台灣銀行	千分之1.5	178935
健保局	千分之0.5*	168412
勞保局	千分之0.5	138034
合作金庫	千分之1.5	137384
菸酒公司	千分之1.5	126372
土地銀行	千分之1.5	124563
中央銀行	千分之0.5	99028
台糖	千分之1.5	51837
中央信託局	千分之0.5	43356
榮民工程公司	千分之1.5	39282
台鐵	千分之1.5	37145
台灣自來水公司	千分之1.5	36178
中船	千分之1.5	27748
漢翔	千分之1.5	20250
唐榮鐵工廠	千分之1.5	17950
高雄港務局	千分之1.5	13322
基隆港務局	千分之1.5	8411
中國輸出入銀行	千分之1.5	8302
中央信託局公保處	千分之0.5	8165
台中港務局	千分之1.5	6340
台鹽	千分之1.5	6233
中央造幣廠	千分之1.5	5461
中央存保公司	千分之1.313	4435
農工企業	千分之1.5	1517
高雄硫酸錏	千分之1.5	1301
花蓮港務局	千分之1.5	1060
財政部印刷廠	千分之1.5	847
總計		3131816

註：健保局提撥比率爲保費與利息收入千分之0.5，及其他營業收入千分之1.5

平均每人領取職工福利金前十名單位一覽表

附表二

排名	單位	人數	每人平均（元）
1	中央銀行	872	113564
2	勞保局	1359	101570
3	中央信託局公保處	87	93850
4	健保局	2980	56514
5	中國輸出入銀行	209	39722
6	中油	15806	36894
7	中央信託局	1570	27615
8	台灣銀行	7300	24512
9	土地銀行	6022	20685
10	唐榮鐵工廠	954	18816

平均每人領取職工福利金倒數十名單位一覽表

附表三

排名	單位	人數	平均每人（元）
1	台鐵	16437	2260
2	財政部印刷廠	235	3604
3	花蓮港務局	227	4670
4	中央造幣廠	1130	4833
5	基隆港務局	1712	4913
6	漢翔	3478	5822
7	台灣自來水公司	5823	6213
8	高雄港務局	1903	7001
9	台糖	6000	8639
10	中華電信	29500	9261

資產閒置

——國有土地每坪租金二元

削凱子？政府被削土地房舍三十五萬筆，總價三千億元

薛凱莉「削凱子」事件最近鬧得沸沸揚揚，但大家卻忽視一個眞正最大的凱子——「政府」：許多國有土地租給民間，每坪每月租金竟然只收到二到六塊錢，更有三十五萬五千多筆國有非公用土地被占用，依公告現値計算，這些被占用土地（含房舍）價値爲一二〇〇多億元，若以市價計算，政府總共被「海削」三千多億元。

包括在寸土寸金的大台北地區，許多本應是「政府資源」，卻被棄置雜草叢生，庭院深深又年久失修，有的還被附近民眾謠傳是「鬼屋」。但政府不願去整理這些土地與房舍

作爲辦公場所，或整修後出租補充捉襟見肘的國庫，任其荒廢，然後每年再花近二十億元到外面租辦公室，不開源又不節流，一來一往之間，國庫當然空虛。

多位立委曾深入追查被占用的國有土地和房舍，結果發現民國八十七年國有非公用土地，平均每一百坪當中，就有四・六坪被占用，若改以總筆數計算：八十八萬一千六百多筆中，共有二十八・三五%被占用，更可視爲平均每四筆國有土地中，就有一筆被非法占用，被占用的總面積高達四萬二千五百四十二公頃（到九十年更增加爲七萬零五百三十六公頃），依公告現值計算，這些被占用土地（含房舍）價值爲一二二三億元，如果以市價計算，總價更高達三千五百萬元。

到底是誰占用了這些土地和房舍？經追查包括救國團、中國婦女反共聯合會、軍人之友社等民間團體。更絕的是，一些私人企業和農民也是竊占土地的大戶。像花蓮縣泰隆牧場占用一百三十一公頃國有土地，用來經營牧場。中華紙漿公司也占用一百三十公頃。另立委發現有一匪夷所思的案例：花蓮縣有一農民陳夏妹，居然可以占用國有土地近九十公頃用來種植檳榔。另有人占用國有土地種桂竹、牧草，但政府卻視若無睹。

這些土地和房舍本來是政府生財的資源，可以標售，或出租給民間，幫國庫增加可觀的收入。不然，也可以自己應用，其中房舍整修後，可以供無殼的機關做爲辦公處所，土地更可以用來興建辦公大樓；財政部九十年通過的國有非公用不動產與私有不動產的交換辦法，更可以交換方式，取得較完整的土地以便開發。可是，政府不好好追索這些被違法占用的土地、房舍，反而還浪擲民眾納稅錢購地和租屋。

有立委曾要求追究相關機關的責任，並要財政部在三年內完成追討或移撥手續。不過，財政部國有財產局長劉金標說，限於人力、預算及法律程序，政府每年清查六千五百筆被占用的國有土地（含房舍），已經是極限。他更坦承，就目前共有二十五萬筆國有土地被占用，以每年處理六千五百筆，大約需要四十二年的時間才能處理完畢，而且其中許多是要打官司才能索回，一拖就是好幾年。

至於沒被占用的土地和房舍，政府多數也未好好應用，在民國八十四年前，一年能收到的租金，竟然只有八億元，氣得當時的立委彭百顯、許添財要求大幅調高租金，結果財政部勉強加碼到十二億元；一直到九十一年度，財政部對全國近百萬筆公有土地預估的租金收入，也只編列二十五億元預算，和政府機關天價租殼的錢相去不遠。其主要收入包括：

一、依照出租房地可收入數，估列各地區國有非公用財產出租的租金收入十七億五千九百多萬元。

二、國有山坡地地租、使用費及代金等收入二千多萬元。

三、辦理追收國有非公用財產使用補償金五億九千多萬元。

四、委託各機關代管國有房地租金收入五千六百多萬元。

五、各地區非公用財產辦理設定地上權租金收入六千零六百多萬元。

近百萬筆國有土地，竟只有這樣的收入，多次引起立委強烈抗議，並表示願意幫財政部處理這些國有土地與房舍，「每年收入至少比國有財產局編列的預算多出十倍以上」。有立委還說，願意以政府預定的預算數加一倍「收購」該土地和房舍，因爲政府實在是「抱著金母雞睡覺，而且還喊窮」。

曾經擔任財政部長的王建釺說，不只中央機關以超過市價的價格購置或承租辦公處所，許多公營行庫在各地開辦公行，所支付的租金或購置費用更是驚人。就他瞭解，甚至曾有財大地廣的「某部長級以上大官」利用職權，向下級單位施壓，並向公營行庫施壓，以超過市價很多的價格，將登記在其太太名下的房地產轉賣或轉租給公營事業，形成非常嚴重的利益輸送。而公家機關反正花的也不是自己的錢，樂得當冤大頭，又可以討好大官。

審計長蘇振平也表示，他很早就已經注意到此問題。但一年一年過去了，行政院仍放任部分部會天價租屋，負責爲民眾看緊荷包的立法院又守土無方，就連審計部也無可奈何。年年看著民眾辛苦納稅錢流入此「房事」黑洞，加上國有土地、房舍催討緩慢，又未能善加利用，眞是一本能賺的錢不賺、能省的錢不省的糊塗帳。

至於沒被占用的土地和房舍，政府多數也沒好好應用，九十一年度，財政部對全國近百萬筆公有土地預估的租金收入，只編列二十五億元；在九十二年度預算，也只編列二十八億二千多萬元。爲增加國庫收入，實在有加速出售被侵占土地，並適度提高租金的必要。

除了上述國有財產局主管的土地、房舍之外，國營事業土地、房舍被侵占狀況也相當嚴重。舉其大者，像台糖被占用土地一百二十二公頃、房舍二百七十七戶；台灣銀行被占用九點八公頃、房舍二十四戶，其中多數位於北高等大都會繁華地區內。而菸酒公賣局也有土地三十筆、房舍二百六十戶被占用。

監察院審計部最近調查時更發現，一些公營行庫，特別是台灣土地銀行、合作金庫，都花費鉅資購置或興建營業廳舍，然後閒置未用，形成嚴重浪費，審計部要求應盡速有效利用或出租給民間使用。

「超低價」出租，也是一大奇觀。許多大企業都知道可以向政府承租土地，以台糖爲例，它在最近兩年來，一共出租土地四十八筆，平均每筆租金只要九．二五元，當中有二十二筆，每坪每月租金都是低於十塊錢。其中出租給非屬私立學校、社會公用土地，變成企業用途者比比皆是，像仁友客運股份公司、森霸電力公司、嘉惠電廠、德奇鋼鐵公司等。

另外，像與燁隆企業有關的單位向台糖承租土地，包括私立義守大學，每坪月租金只要六塊錢，設定地上權面積爲七萬五千多平方公尺；義守醫院每坪月租金五塊錢，設定地上權面積二十二萬多平方公尺；燁輝企業股份有限公司，每坪月租十二元，設定地上權面積一萬四千多平方公尺。

一再喊窮的政府，就是這樣坐擁金山，卻任憑許多公有土地和房舍荒蕪，甚至被占用卻也不催討。立委審查總預算時，如果能敦促政府不要再當冤大頭，積極討回被占用的土地和房舍，並充分利用閒置的國有土地與房舍，該賣的賣，該出租的出租，將可籌出可觀的財源，既可解決缺錢的燃眉之急，更將有錢可以開創新的建設。

首長宿舍將緊縮

在各界質疑聲浪高漲下，政府決定對行之多年的政府機關宿舍使用及興建制度展開檢討。依照行政院人事行政局的規畫，將緊縮機關首長宿舍範圍，只有中央部會首長、副首長、部會所屬一級機關且十二職等以上首長，可使用首長宿舍；一般職務宿舍新建，除符合業務特殊、有安全顧慮、機動出勤、或位處偏遠得建置宿舍等四條件，否則應一律停止興建職務宿舍。

行政院國家資產經營管理委員會也指示人事局，要加速清理被占用的公有宿舍，從過去每年清理一次，改為每季清理一次，並且輔導各機關限期收回用途廢止、閒置或低度利用宿舍，改做其他用途，以強化國家資產運用效益。

依照人事局統計，目前首長宿舍數目高達一千兩百八十六戶；未來採取緊縮措施，限縮機關首長宿舍範圍後，至少可以減少三分之二以上的首長宿舍，大約八百五十戶。未來將由國有財產局收回，做更有效利用。

依規定各部會首長級的首長宿舍約四十五坪，一般職務宿舍有眷者約三十二坪，單身職務宿舍近約十坪左右。但是目前首長宿舍過於浮濫，某些縣市國、高中校長也有首長宿舍，面積比中央部會首長宿舍還大，造成資源浪費，也讓公有宿舍的管理更不易；因此人事局已決定修改「事務管理規則」和「中央機關首長宿舍管理要點」，重新定義首長宿舍，緊縮機關首長宿舍的範圍，最近將報行政院核定。一般職務宿舍的面積，也必須遵守規定，不得超過三十二坪的標準。

不過，直到現在，高官占用兩間宿舍、退休高官違法坐擁精華地段官舍比比皆是。民進黨立委湯火聖等人更指出，退休人員占用宿舍者，截至九十一年六月三十日止，計有二千八百九十七戶。顯見政府在規畫與催討各機關宿舍上，還有漫長的路要走。

另外，檢視營業基金狀況，可瞭解政府國營事業是否發揮應有的功能。在九十二年度，營業基金編列營業總收入二兆六四六五億元，較九十一年減少五・四%；營業總支出二兆四九一四億元，較九十一年度減少五・三%；九十二年度預算列有盈餘者二十五單位，虧損者四單位，盈虧互抵後，純益一五五一億元，減少八%；繳庫盈餘一六一五億元，較九十一年度增加二・七%（見附表一）。

純益的減少，主要係因電信、油品市場的開放，營業收入減少；以及台電燃料成本上漲、購電費用增加。繳庫盈餘的增加，主要是因中央銀行外匯營運量增加利息收入，其繳庫盈餘較九十一年度增加一五一億元。

近年來，國營事業在財政方面之貢獻，受政府國營事業移轉民營的推動，國庫持股降低；各事業人事費用逐年增加；再加上電力事業的營運，一方面電力成本不斷增加，另一方面電力價格爲配合政府政策未能合理提高，致使國營事業的獲利逐年下降。因此，國營事業不僅要加強其經營管理，使之獲利提升；且應對於固定投資之先期規畫與效益評估，作妥善的財源規畫。

此外，九十二年度國營事業釋股預算合計編列九四三億元，其中總預算案編列者有三七八億元，民營化基金釋股收入五六五億元。釋股收入主要用來支應國家重要支出，其中總預算案之釋股收入主要是供公務機關預算支出及統籌統支用途；民營化基金釋股收入主要是推動民營化相關支出之用。近幾年，政府幾乎年年大量編列釋股收入，然而因經濟不景氣與股市不振，釋股收入執行效果奇差，造成國庫現金調度困難。釋股收入滾入歲計賸餘後，再大量移用歲計賸餘，填補財政收支缺口。嚴重虛列收入，國庫調度就像是虛構的，隨時都可能垮下來。

近年來，國營事業在開放自由化市場，與國際化潮流的衝擊下，績效獲利大不如前，部分事業甚至逐漸喪失競爭力，致經營產生困難，其所衍生的財務危機問題，或是鉅額的員工年資結算經費等問題，已成為政府財政的包袱，移轉民營化之推動，困難重重。因此對於經營績效不彰，嚴重虧損之事業，應盡速謀求改善；至於前景不佳，財務惡化，無法移轉民營者，各事業主管機關，盡速提出因應方案，以免損失持續擴大，加重國庫之負擔。

營業基金預算編列情形

附表一 單位：億元；%

項目	92年度編列數	比較		91年度法定預算案(含補辦預算)	比較		90年度法定預算
		金額	增減百分比		金額	增減百分比	
營業總收入	26,465	−1,519	−5.4	27,984	917	3.4	27,067
營業總支出	24,914	−1,384	−5.3	26,298	922	3.6	25,376
純益	1,551	−135	−8.0	1,686	−5	−0.3	1,691
解繳國庫淨額	1,615	43	2.7	1,572	450	40.1	1,122
固定資產投資	2,049	−63	−3.0	2,112	−229	9.8	2,341
國庫現金增撥基金	93	16	20.8	77	48	165.5	29

國有產財局所管國有非公用土地各年度被占用數量統計表

附表二

年度	筆數	面積（公頃）
83	81,624	5,129
84	115,269	9,790
85	147,093	12,827
86	169,874	14,170
87	249,939	42,542
88	262,259	45,941
89	340,783	73,017
90	355,399	70,536

台糖十大低價出租土地一覽表

附表三

名次	每坪月租	地上權人	出租單位	簽約日期	設定地上權面積
1	2元	私立長泰殘障教養院	善化糖廠	90.12	56,600.00（平方公尺）
2	4元	年代國際高科技媒體園區開發（股）公司	南靖糖廠	89.07.11	352,426.00（平方公尺）
		私立稻江文理學院	蒜頭糖廠	89.08.14	346,948.68（平方公尺）
		私立五育高中	月眉廠	89.11.09	39,741.00（平方公尺）
3	5元	義大醫院	高雄廠	89.07.31	220,418.00（平方公尺）
		森霸電力股份有限公司	善化糖廠	90.09.08	172,378.00（平方公尺）
		客家文化園區	屏東廠	90.09.28	199,213.70（平方公尺）
		嘉惠電廠	北港糖廠	90.10.01	150,207.00（平方公尺）
4	6元	私立義守大學	高雄糖廠	90.06.03	755,334.38（平方公尺）
		私立大同商業專科學校	蒜頭糖廠	90.10.17	94,890.75（平方公尺）
		正修技術學院	高雄廠	90.11.10	207,020.00（平方公尺）

註：一、總計以上十大低價出租土地承租總面積為1,905,177平方公尺（約579,341坪）
　　二、資料來源：立法院揭弊抓鬼小組

國營事業土地房舍被占用情形一覽表

附表四 單位：平方公尺

單位名稱	土地被占用部分		房舍被占用部分	
	筆數	面積	筆數	面積
中央銀行	3	389.00	1	158.67
中央造幣廠	2	246.80	0	0.00
中央印製廠	3	243.28	9	723.16
台糖公司	1,033	1,229,583.07	277	4,418.91
台鹽公司	9	7,049.80	0	0.00
中船公司	1	251.00	0	0.00
中油公司	39	8,557.00	0	0.00
台電公司	93	172,084.08	36	3,037.20
高雄硫酸錏公司	60	5,229.14	130	8604.34
省農公司	162	107,228.39	26	1,134.87
唐榮公司	75	32,662.54	0	0.00
自來水公司	6	2,063.97	21	998.52
中央信託局	2	107.00	0	0.00
台灣銀行	450	98,772.42	24	3,266.96
土地銀行	565	119,502.21	22	2,228.77
合作金庫	1	226.00	1	67.77
財政部印刷廠	2	679.00	4	169.32
公賣局	30	20,874.77	260	15,569.52
郵政總局	14	2,560.34	17	823.86
鐵路局	231	44,122.37	0	0.00
基隆港務局	36	24,555.15	3	395.00
高雄港務局	44	107,848.30	0	0.00
花蓮港務局	7	3,798.47	1	33.47
榮民工程公司	4	1,637.62	0	0.00
合計	2,872	1,999,222.22	649	41,830.34

註：資料統計至九十年十月三十一日

理財虧損

——轉投資一年虧一百一十六億

民眾辛苦的納稅錢，政府除了用於支付人事費與施政外，有一部分還用於轉投資。結果，根據審計部剛出爐的的九十年度決算，在去年一年當中，政府的轉投資就虧損了一百一十六億八千多萬元，其中有不少是投資於政商關係良好，但經營績效不彰，甚至涉及掏空的企業體。

另外，國安基金和四大基金（退撫基金、勞保基金、勞退基金、郵政儲金），因政府近年來不斷修正管理辦法，提高投入股市的金額，這兩年股市又屢創新低，到九十一年九月份爲止，這些基金被套牢的帳面虧損，已經超過二一〇〇億元。除了必須動支民脂民膏補充嚴重的失血，更令人擔心可能影響相關民眾的退休。

根據審計部提出的決算報告，中央政府九十年轉投資公司合營事業共有一百八十七家，其中虧損的高達六十八家，虧損比率占三分之一以上，總計虧損一一六億八千多萬元。

其中最誇張的是行政院開發基金（附表一），投資事業中有二十一家虧損，損失金額達到四十八億八千多萬元。排第二的是台灣銀行，損失四十八億一千多萬元。僅這兩家虧損的金額，就占了九十年虧損總額的八〇％以上。其他虧損在一億元以上的，還有台灣土地銀行、中油公司、台糖公司、國軍退除役官兵安置基金。

檢視各單位轉投資的事業，有的竟是經營績效不彰，甚至形象很有爭議的企業體。以在野黨立委爲主的「國家安定聯盟」就指出，像行政院開發基金投資的「桂裕企業股份有限公司」，其前董事長謝裕民雖與總統府高層關係密切，但曾涉嫌假造國家債券、挪用二十五億資金掏空桂裕公司。結果，行政院投資該公司，造成國庫損失十億七千多萬元。另外，該基金還投資政商關係良好的緯華航太等企業，結果也是虧損累累。

在政府轉投資的事業當中，九十年讓政府虧損超過五億元的，竟高達十二家之多，像行政院開發基金投資的美國Nove11公司，虧損高達九十六億元（附表二），立委們質疑行政院開發基金當初對該公司的投資目的，是否符合基金設置的目的？而投資鉅額民脂民膏又造成近百億元的虧損後，是否達到技術轉移、協助產業升級？

更嚴重的是，這些公司鯨吞民脂民膏的時間，許多竟已經超過三年以上。依照政府參與民營事業投資管理要點明訂，凡是連續三年虧損情況無法改善者，應詳加檢討報告，報由主管機關核處。結果，包括台糖轉投資的台灣神隆、台灣花卉生物技術等公司，虧損都已經超過三年，但政府卻仍年年繼續投資。

另外，攸關八百萬勞工權益的勞保及勞退兩大基金，前者規模四千九百多億元，後者二千五百多億元，由於近年來政府不斷增加投入股市的金額，結果，九十一年初勞委會公布，勞退基金帳面虧損二〇八億元、勞保基金帳面虧損二七〇億元。到了九十一年九月，兩者帳面虧損更衝到五七八億元。

而郵政儲金持有股票跌價損失，截至九月底，更高達六一二億九千多萬元。退輔基金的長期投資表現一向不錯，但近年來因爲進股市護盤被套牢，帳面損失也達到近四百億元。

爲因應中共試射飛彈而成立的國安基金，到九十年底累計虧損已經高達四九二億元，政府分別在九十一及九十二年編列預算予以彌平。其中一部分由國庫現金撥補，另一部分以台糖股票作價彌補。

如果，政府可以避免不當的轉投資，不要再拿民脂民膏補貼經營成效不彰、形象不佳的企業體，避免國安基金和四大基金再被套牢，政府赤字將可獲得極大改善，更不需要急著調高交通罰鍰和健保費，向一般民眾「榨」幾十億元。

非營業基金

政府設置的特種基金中，除營業基金及信託基金外，有作業基金、特別收入基金、資本計畫基金及債務基金，通稱爲「非營業基金」。自九十二年度起，非營業基金之編列，鑒於各類基金屬性並不相同，故將以往採同一方式編列彙總的形式，變更爲依作業基金、特別收入基金、資本計畫基金及債務基金分別綜計，依政府會計理論，改採當期資源流量觀念編制預算，並照同一原則調整編製九十一年度預算。

一、**作業基金**（七七單位）：業務總收入爲三三二一億元，業務總支出爲二七九二億元，賸餘五二九億元，較九十一年度預算三〇八億元，增加二二一億元，約增七十一・八%。解繳國庫淨額五六〇億元，較上年度預算數二七五億元，增加二八五億元，約增一〇三・六%。固定資產投資計畫六一〇億元，較九十一年度預算數七五〇億元，減少一四〇億元，約減十八·七%。國庫現金增撥基金三八七億元，較九十一年度預算數五四二億元，減少一五五億元（附表三）。

二、**債務基金**（一單位）：基金來源五三三九億元，較九十一年度預算數四〇二九億元，增加一三一〇億元，約增三十二·五%。基金用途五三三九億元，較九十一年度預算四〇二九億元，增加一三一〇億元，約增三十二·五%。以前年度累積賸餘二·八億元，連同九十二年度已賸餘〇·〇六億元，共有賸餘二·八六億元（附表四）。

三、**特別收入基金**（十八單位）：基金來源二一四〇億元，較九十一年度預算數二二六二億元，減少一二二億元，約減五·四%。基金用途二一八一億元，較九十一年度預算二〇四三億元，增加一三八億元，約增六·八%。以前年度累積賸餘二九四六億元，支應九十二年度短絀四十一億元，尚餘二九〇五億元（附表五）。

四、**資本計畫基金**（一單位）：基金來源二十五億元，較九十一年度預算數三十三億元，減少八億，約減二十四·二%。基金用途四十一億元，較九十一年度預算七億元，增加三十四億元，約增四八五·七%。以前年度累積賸餘一九一億元，支應九十二年度短絀十六億元，尚餘一七五億元（附表六）。

過去非營業基金之債務，排除於「公共債務法」的限制之外。因此，非營業基金常受批評為政府隱藏政府債務、操縱報表之工具，如前述債務基金即是。民國九十一年一月十六日立法院已三讀通過「公共債務法部分條文修正案」，目的在使政府債務更加合理化、透明化，其中有關非營業基金修法重點包括：一、舉債額度之定義，修正為彌補歲入、歲出差短所舉借者，及債務基金舉新還舊以外之新增債務；二、非營業基金不具自償性之債務，納入公共債務未償餘額計算。

然九十二年度中央政府總預算書中，並未依規定揭露非營業基金所舉借之非自償性債務金額，實有隱藏債務惡化之嫌。根據「公共債務法」第四條定義之自償性公共債務，係指以未來營運所得資金或經指撥特定財源作為償債財源之債務，惟我國公共債務相關資訊之揭露不夠透明，自償性公共建設缺乏標準及審核評估機制，導致自償性與非自償性債務混淆不清，必須予以匡正。

九十二年度非營業基金中之作業基金舉債金額為五六四億元，至九十二年底之長期負債餘額則高達五〇一四億元，以上金額尚未包括其他非營業基金之長期債務，更不消說其中有可能使用以短支長的財務手段不斷展延債務。政府應面對財政惡化的事實，務須正確表達政府實際負債狀況，切勿取巧以不當方式掩蓋事實，損及專業客觀，影響人民對政府的信心。

整體非營業基金累計至九十二年底的債務將達六〇三八億元，平均每位民眾需負擔二萬八千三百元的債務，但政府卻刻意美化預算、粉飾帳目。以行政院開發基金為例，高估投資收益一年達二三四億七千萬元，完全是灌水作假帳，政府必須停止此一非法行為，盡速擬定「中央政府特種基金設置及管理條例草案」，讓一切回歸制度面。

八十八年度非營業基金只有三十個，到了九十二年卻暴增為九十七個，顯見主管機關為了便宜行事，浮濫設置基金，但執行成效不彰，以九十年度為例，初估可以有十二億七千多萬元的賸餘，但實際的決算數卻是虧損二三七億三千多萬元，明顯有灌水美化預算數字。

以行政院開發基金編列九十二年度投資收益為例，開發基金投資台積電、力晶、華票、中國商銀、世界先進等股票，其編列的出售價格，與九十一年十月二日股票收盤價格相比，幾乎全部都高估超過一倍以上，像台積電預估售價九十三・九元，但十月二日收盤價格才四十元、力晶預估出售價為二十三・三元，但十月二日收盤價為十二・二元，預估全年差異數達二三四億七千萬元。立委程振隆指出，除非股市要達到八千點，開發基金編列的收益數才可達成。

開發基金除了編列的年度收益明顯灌水，根本很難達成外，其人事費用也過高，其約聘的研究員月薪竟高達十六萬三千多元、一般的兼職人員也有五萬五千元，顯然人事費用浮濫，有違常情。另外中美基金其職員人數爲七人，但一次報廢的電腦竟達一百一十台，每台五萬元，實在離譜到了極點。

又以中美基金預算編列方式爲例，該基金九十二年度預算編列，竟然補辦九十年及九十一年度預算，金額高達一千一百萬元，完全違反預算法的規定。

眾多特別收入基金多仰賴政府撥入收入，並無特定財源，不符合設立要件，以國家科學技術發展基金爲例，九十六%的收入都靠政府撥入，農業特別收入基金也占七〇%，成了國庫沉重的負擔。

附表一　九十年度中央政府轉投資虧損一覽

投資單位名稱	虧損金額(萬元)
行政院開發基金	488,837.00
台灣銀行	481,052.00
台灣土地銀行	78,528.00
中油公司	54,380.00
台糖公司	38,614.00
國軍退除役官兵安置基金	11,685.00
合作金庫	4,719.70
榮民工程	2,649.60
漢翔航空工業股份有限公司	2,583.60
中華電信	1,799.94
台灣鐵路管理局	1,249.63
經濟發展基金	1,155.00
郵政總局	759.00
中央信託局	547.65
台灣省農工企業股份有限公司	85.65
台鹽實業股份有限公司	2.25
總計	1,168,523.00

九十年度決算報告政府轉投資虧損超過五億元以上之事業體虧損排行表

附表二

排行	虧損事業體名稱	虧損金額(萬元)	投資單位
1	台灣中小企業銀行	1,663,332	台灣銀行 台灣土地銀行
2	美國Novell公司	968,800	行政院開發基金
3	世界先進積體電路股份有限公司	92,920	行政院開發基金
4	力晶半導體股份有限公司	643,000	行政院開發基金
5	中華票券金融股份有限公司	537,660	行政院開發基金 中油公司
6	中國石油化學工業開發公司	350,011	台糖公司 中油公司 台灣銀行
7	華僑商業銀行股份有限公司	306,538	行政院開發基金 台灣銀行 台灣土地銀行 合作金庫
8	桂裕企業股份有限公司	107,100	行政院開發基金
9	台灣高速鐵路股份有限公司	78,600	行政院開發基金 台糖公司
10	台翔航太工業股份有限公司	66,400	行政院開發基金
11	波若威科技股份有限公司	65,000	行政院開發基金
12	台灣神隆股份有限公司	58,800	行政院開發基金 台糖公司

作業基金預算編列情形

附表三

單位：新台幣億元

項目（77單位合計）	92年度	91年度	比較	
			金額	增減百分比
業務總收入	3,321	3,220	101	3.1%
業務總支出	2,792	2,912	－120	－4.1%
本期賸餘	529	308	221	71.8%
解繳國庫淨額	560	275	285	103.6%
固定資產投資	610	750	－140	－18.7%
國庫現金增撥基金	387	542	－155	－28.6%

債務基金預算編列情形

附表四

單位：新台幣億元

項目	92年度	91年度	比較	
			金額	增減百分比
基金來源	5,339	4,029	1,310	32.5%
基金用途	5,339	4,029	1,310	32.5%
本期賸餘（短絀－）	0.06	0.09	－0.03	－33.3%

特別收入基金預算編列情形

附表五

單位：新台幣億元

項目（18單位合計）	92年度	91年度	比較	
			金額	增減百分比
基金來源	2,140	2,262	−122	−5.4%
基金用途	2,181	2,043	138	6.8%
本期賸餘（短絀−）	−41	219	−	−

資本計畫基金預算編列情形

附表六

單位：新台幣億元

項目	92年度	91年度	比較	
			金額	增減百分比
基金來源	25	33	−8	−24.2%
基金用途	41	7	34	485.7%
本期賸餘（短絀−）	−16	26	−	−

地方財政篇

地方更窮

——五十七個鄉鎮發不出薪水

中央政府每天喊窮，但實際上，地方政府更窮。特別是在精省之後，絕大多數資源都不是下放給地方，而是收歸中央，導致中央更爲集權與集錢。陳水扁上任後宣布要改善地方財政，讓中央與地方關係變成像荔枝一樣：中央像荔枝子一樣小，地方財政就像肥美的荔枝肉一樣豐厚。不過，直到今天，地方財政卻日趨惡化，陳總統的「荔枝說」變成「土芒果說」，中央財政像占了整顆芒果絕大部分的核心，地方分配到的比率實在少得可憐，每年更必須等中央補助和中央分配統籌分配稅款，才能塡補嚴重的財政缺口。

縣市政府每年如果能籌措到一半以上自有財源，就已經算是財政狀況不錯的縣市了，但各縣市每年的支出，幾乎都有增無減。自民國八十一年到八十九年間，台灣省轄下二十一縣市的支出成長率，平均每年增加速度爲十三・三％，歲入平均年增率卻只有一〇・九％，入不敷出使得財政缺口日益擴大。民國八十九年的決算數字顯示，台灣省轄下二十一縣市的財政赤字竟高達九九五億元。

更令人擔心的是，地方政府收入主要是依賴中央撥補的統籌分配稅款及補助款，近幾年自徵稅比率還逐漸下降中。在八十九年度，統籌稅款與中央補助收入，竟占縣市政府年度歲入的五十七・一％，有些縣市此項比率更在八〇％以上，如嘉義縣統籌稅款及補助款占該縣歲入的比率爲八十六・二％，澎湖縣爲九十二・一％，顯示縣市地方政府對中央之依賴程度日深，不只自主財源嚴重不足，更已成爲中央財政難以承受之重。

探究地方收入不足的原因，大致上可歸納爲：一、中央政府訂定某些免稅規定，侵犯地方課稅權；二、全國賦稅負擔率遞減，顯示地方政府自徵賦稅收入遞減，亦使中央的統籌分配稅款有所縮減；三、「地方稅法通則」及「規費法」延宕近十年，直到九十一年十一月十九日才完成立法，使得縣市加稅時機已過；四、地方收入如土增稅及地價稅，因選票考量而未能確實執行，造成財源流失。

至於地方政府的錢到底用到哪裡去了？先不論是否有浪費或弊案，台灣省轄下二十一縣市支出如果以政事別來區分，主要爲教育科學支出與社會福利支出。教育科學支出自八十一至八十九年平均占歲出比率爲三十九・六七%，其中約占八〇%以上幾乎皆爲人事負擔。而社會福利則爲主政者競選時的重要支票，因此社會安全支出占歲出的比重日重，由八十一年度十一・四九%，增至八十九年度十九・六八%。

相對於社會安全支出的上升，對提供民眾工作機會和刺激景氣有幫助的經濟發展支出卻不斷地下降，民國八十二年尚有二〇・六九%的支出用在經濟發展支出，至八十九年度僅剩十三・九五%，使各縣市的經濟成長受到限制。例如近年來桃園縣政府經濟發展支出已呈現逐年遞減之狀況，九十一年度經濟發展支出（十六億元）占歲出比率甚至僅五・一八%。

分析地方政府支出膨脹，主因是中央政府近年來開了不少福利支票，使得地方法定支出大增。這種中央請客卻由地方買單的情形，加重地方政府的財政壓力。像台北市政府，就因爲這幾年中央修法調降營業稅、土地增值稅等多項稅收，導致其每年稅收減少二百多億元，也使得其九十二年總預算歲出規模，被迫縮水回到五年前的水準，諸多市政建設被迫縮水或延期完工。另外，大部分地方首長候選人往往爲了求勝，在選舉時提出各種討好選民的政見主張，如增加福利津貼或其他好大喜功而無實質效益的重大建設等。濫開支票的結果，使地方政府支出膨脹，財政短絀情況愈加嚴重。

而最基層的鄉鎮市更差可以「赤貧」形容。其中屏東縣多數鄉鎮在中央補助款短缺，加上自有財源不足下，全縣三十三個縣市當中，近半都有未準時發放薪水的紀錄；林邊鄉積欠台電電費近五百萬元，鄉公所因為找不到財源繳路燈電費，更致函台電公司屏東區營業處，要求將路燈斷電。而高雄縣美濃鎮公所更長達五個月未發薪水。南投縣魚池鄉則負債金額超過兩億元，繼九十一年四月一度發不出薪水，十月份又延誤一週到八日才發放。

根據全國鄉鎮市長聯誼會總會長林鴻池在九十一年十月間的調查發現，全國三百一十九個鄉鎮市，有五十七個公所一個月以上發不出薪水，其中十個公所連續三個月未發薪。上百位鄉鎮市長們因此浩浩蕩蕩北上行政院要錢，但在行政院主計長林全直言「就算換掉我也不可能變出更多錢來」，甚至指有的鄉鎮編制外約聘人員多達一、二十人，有的還可以發紀念品、社團補助，加上中央財政也是捉襟見肘，看來，鄉鎮市只能自求多福了。

中華民國九十二年度
中央政府總預算補助地方政府經費彙總表

單位：新台幣千元

科目		補助台北市政府	補助高雄市政府	補助台灣省各縣市政府	補助金門及連江縣政府	合計
放款	名　稱					
	合計	14,478,364	14,025,745	168,270,989	2,807,981	199,583,079
3	行政院主管	18,320	37,520	5,228,429	14,640	5,298,909
8	內政部主管	211,413	1,470,510	7,762,911	196,642	9,641,476
10	國防部主管	-	-	112,000	-	112,000
11	財政部主管	4,037,682	2,436,520	6,794,746	118,228	13,387,276
12	教育部主管	783,311	629,838	11,715,479	213,755	13,342,383
14	經濟部主管	161,200	-	2,026,640	191,062	2,378,902
15`	交通部主管	9,257,097	8,503,478	3,613,144	145,130	21,518,849
19	國家科學委員會主管	-	-	50,000	-	50,000
21	農業委員會主管	9,341	37,879	4,325,169	32,595	4,404,984
23	衛生署主管	-	-	450,100	61,700	511,800
24	環境保護署主管	-	-	6,644,537	-	6,644,537
26	省市地方政府	-	910,000	119,547,734	1,834,229	122,291,963

註：本表合計數如加計離島建設基金編列之32億元，則九十二年度中央對地方政府補助經費總數爲2,028億。

財劃爭吵
——中央、地方分錢爭議不斷

中央與地方的財政資源劃分，歷年來都是敏感且難解的問題。特別是民國八十六年政府要將各地營業稅改成國稅，引發時任台北市長的陳水扁強烈抗議，甚至揚言不惜抗稅，後來行政院同意改以中央統籌分配稅款改分發給各地方政府，且保證分配給台北市的金額絕對不會少於八十六年該市的營業稅稅收。

當時的行政院長蕭萬長邀集相關部會舉行多次會議後，決定將中央統籌分配稅款的四十七%分配給兩直轄市，以確保對兩直轄市稅收不會減少的保證。至於其他縣市，則在中央補助款上多多給予協助。不過，各縣市政府抗議不公，蕭萬長最後決定將本來中央可以保留的六%統籌款，亦即特別統籌分配稅款的八十八億元，下放給各地方政府，消弭了一場搶錢大戰。

新政府上台後，面對地方政府財政赤字嚴重，第一年刪減兩直轄市四%統籌分配稅款給其他縣市，第二年則刪減北市統籌款三%給高雄市，引發台北市長馬英九強烈抗議，並透過國民黨立院黨團提案修正財政收支劃分法，主要決戰點有二：一、中央應釋出更多資源給地方政府，而非一再刪減北市預算；二、要求將統籌款分配法制化，亦即在財劃法中明訂分配比率，不再授權行政院制定行政辦法隨意變動分配給各縣市的比率。

九十一年一月十七日立法院第四屆即將結束之際，立法院通過國民黨團所提出的財政收支劃分法修正案，部分人士稱爲「馬英九版」。然而行政院認爲該法案窒礙難行，並嚴重侵蝕中央財源，因此甫上任的行政院游內閣於二月六日即提出財劃法覆議案，希望立法院覆議。立法院第五屆新任立委，連辦公室都還沒分配，就必須表決行政院所提之覆議案，引起立法委員多數反彈，燃起立法、行政的緊張情勢，直到二月十九日覆議表決塵埃落定之後，朝野的煙硝味才稍有緩和。但隨著行政院所提的財政收支劃分法遲早要再搬上立法院審查，一場藍綠攻防，甚至是扁、馬再次對決，終究難以避免。

分析九十一年初的財劃爭議，在朝野各說各話下，直到投票後，多數立委仍弄不清楚到底依照馬英九版或維持原行政院版本，其出身的縣市才能分得較多的統籌款？甚至有同爲台北縣選出的立委，有的說馬英九版通過後，該縣統籌款將大幅增加，但有的卻堅持將減少。

實際上，要瞭解馬英九版的修正內容很簡單，先算出九十一年度中央要補助地方的款項，包括統籌稅款一五六八億元（其中包含營業稅調降補助數一二〇億元）、土增稅九十億元、一般補助款一〇五五億元以及計畫型補助款七九五億元，共爲三五〇八億元。然後建議中央應將統籌分配稅款增至三一一一億元，其中要補足的五四三億元，應該由各級政府中財政狀況最好的中央來付，之後平均分配給各地方政府。

但行政院反擊馬版有兩大窒礙難行處，一是中央政府無法將統籌款的餅做大，因爲中央沒錢，且難以在現行的預算結構下多拿出五四三億元給地方；二爲比率入法使補助制度僵化，中央將無法彈性調節各地方財政需求，違反財政劃分法第三十五條。行政院估算，若依照元月十七日通過的財政劃分法來施行，在無法擴增五四三億元的財源下，政府必須以減少補助款來支應。因此行政院刪除營業稅調降補助數一二〇億元，扣回一般性補助款五十五億元及刪減計畫型補助款三六八億元，使中央補助地方的款項維持原來的水準，內容卻大不同，可能造成有數個縣市所拿到的中央補助款較原來的少，因此行政院於二月六日提出財政收支劃分法的覆議案。

二月十九日晚間開票結果，反對覆議案與贊成覆議案的票數分別爲一百零九票與一百零三票，因反對的票數未超過立法委員總數的半數（一百一十三票），因此行政院通過覆議案，否決元月十七日通過的財劃法，回復原制。泛藍軍和馬英九在這場本來要迫使中央下放五四三億元給地方的戰役上，功虧一簣敗下陣來，但連續兩年中央砍北市預算給其他縣市的戲碼，已經變成中央必須解釋是否要下放更多經費給地方政府。

實際上，統籌款只是地方財源的一部分，絕大多數縣市最重要的反而是中央補助款，包括專案和一般補助款兩項。兩直轄市雖然分得較多的統籌款，但補助款遠低於一般縣市，像台北市每年的補助款從陳水扁擔任市長起隔年，到現在馬英九擔任市長，都常「掛零」，中央的理由是北市分到的統籌款比別人多。而高雄市補助款也同樣偏低。

以九十二年度爲例，中央補助台北市的一般補助款是零（附表一），高雄市分得九億一千萬元，台北縣則有一二六億四千多萬元，台中縣、彰化縣、屏東縣和高雄縣也都超過八十億元，除兩直轄市外最少的是新竹市，也得到二十億一千多萬元的一般補助。至於專案補助部分，因爲有指定用途，例如由中央撥款要求各縣市推動九年一貫教育，等於是中央委辦事項，地方政府能應用的空間比較有限，不像統籌款和一般補助款，地方政府可以自行決定用途。

而一般縣市高中以上學校，以往掛名「省立」由省政府負擔經費，凍省後改掛「國立」，改由中央付錢，但兩直轄市則需負擔「市立」高中職的教育經費。甚至中央補助各項工程，也會依照不同縣市而有不同標準，像防洪治水預算，一般縣市可以獲得三分之二以上補助，較貧瘠縣市甚至可以到九成，但直轄市最多只補助一半；甚至在捷運部分，北市捷運經費由中央與北市各負擔一半，但最近開工的高雄市捷運，中央則補助三分之二。

所以，只看單一補助款或統籌款，都只是見樹不見林，要眞正落實縣市政府財政公平，應整體檢討各縣市自有財源，和獲得中央多少專案補助、一般補助、統籌款，以至於各項工程和教育獲得補助的比率。而在各縣市政府財源確實嚴重匱乏之下，中央政府除了應愼思是否如蕭內閣釋出特別統籌分配稅款給地方，也應在地方財政改革上多加著力，尤其不能與地方爭利。

九十二年度各縣市統籌款及補助款明細表

附表一 單位：新台幣億元

縣市別	普通統籌分配稅款分配金額	一般性補助款	合計
台北市	471.05	0.00	471.05
高雄市	182.44	9.10	191.54
台北縣	67.77	126.42	194.19
宜蘭縣	23.31	44.75	68.06
桃園縣	39.63	70.12	109.75
新竹縣	19.55	27.20	46.75
苗栗縣	28.45	46.36	74.81
台中縣	46.49	89.82	136.31
彰化縣	54.28	84.31	138.59
南投縣	32.54	59.00	91.54
雲林縣	37.76	58.17	95.93
嘉義縣	33.42	59.96	93.38
台南縣	43.84	75.24	119.08
高雄縣	46.67	82.84	129.51
屏東縣	47.10	85.95	133.05
台東縣	23.26	40.20	63.46
花蓮縣	25.35	48.73	74.08
澎湖縣	13.06	30.02	43.08
基隆市	21.09	47.52	68.61
新竹市	13.05	20.15	33.20
台中市	21.05	31.45	52.50
嘉義市	13.36	25.63	38.99
台南市	23.88	32.68	56.56

註：一、所謂「補助金」即是「普通統籌分配稅款」及「一般性補助款」之合計。

二、本表所列普通統籌分配稅款係原普通統籌分配稅款及專業補助款（金融業營業稅收入移作金融重建基金財源後，依加值型及非加值型營業稅法第十一條規定，撥補地方政府所短少之中央統籌分配稅款）之總和。

九十二年度中央對台灣省各縣市一般補助款明細表

附表二　　　　單位：新台幣億元

縣市別	合計	教育經費補助	社會福利經費補助	基本設施經費補助	專案及一般性收支差短補助
合計	1,186.53	515.32	165.11	256.00	250.09
台北縣	126.42	59.44	16.82	27.22	22.94
宜蘭縣	44.75	21.25	6.36	5.77	11.38
桃園縣	70.12	36.18	9.52	13.13	11.28
新竹縣	27.20	12.77	3.67	5.17	5.59
苗栗縣	46.36	23.14	6.98	5.90	10.34
台中縣	89.82	45.62	11.00	14.54	18.66
彰化縣	54.31	44.54	11.16	9.63	18.98
南投縣	59.00	26.68	9.58	8.62	14.12
雲林縣	58.17	26.40	10.60	8.16	13.01
嘉義縣	59.96	24.69	10.25	9.31	15.72
台南縣	75.24	33.60	10.10	13.88	17.66
高雄縣	82.84	39.90	10.78	13.26	18.89
屏東縣	85.95	41.32	13.06	13.21	18.36
台東縣	40.20	14.74	6.25	6.52	12.69
花蓮縣	48.73	20.67	7.35	8.35	12.35
澎湖縣	30.02	9.94	4.70	4.31	11.07
基隆市	47.52	12.39	3.89	22.52	8.73
新竹市	20.15	2.96	1.93	14.56	0.70
台中市	31.45	6.05	3.86	19.17	2.37
嘉義市	25.63	5.43	2.91	14.42	2.87
台南市	32.68	7.60	4.34	18.33	2.40

註：一、「一般補助款」計列1222.92億元，其中包括：補助台灣省各縣市政府1195.47億元，補助高雄市政府9.1億元，補助福建省各縣政府18.34億元。

二、中央對台北市無一般性補助款，又中央對高雄市補助9.1億元，全數作爲國民教育補助經費。

三、中央對台灣省各縣市一般性補助款尚有8.96億元待分配。

(附錄一)

從國際金融趨勢論台灣金融實力的提升

——我們需要國家理財機制

韋端

金融實力是國家重要基本力量，其內容包括一國可動用或影響的財力、國家理財人才數量及能力、財富管理績效等。企業之集資、政府支出、政府及民間財富的管理，均有賴金融力量的支撐，所以有金融是經濟血脈的說法。基於人們財不露白的傳統觀念，金融實力尤有虛實運用同時維持神祕性的餘地，而於國家在重要關鍵時，發揮成功的樞紐作用，歷史例證，斑斑可考。從史上金融實力的發揮和貢獻，可知金融實力平時用來維持經濟發展，國際爭端衝突時就會影響一國之國勢強弱甚至戰事成敗。在追求金融實力過程中，固有歷史的偶然，但也有國家刻意的栽培和社會的肯定嘉許。過度金融活動會造成金融風暴，但也在這種渾沌和衝擊中判定高下。台灣務須誠心推動金融自由化、國際化和制度化，在其中學習從根厚植和提升金融實力。

現代理財高手：富裕政府及組織

將部分外匯儲備、或公營事業盈餘、海外資產等，交由政府專責機構來從事海外投資的國家，較知名的有科威特、汶萊、新加坡等，它們的政府投資機構是在一九八〇年代初期成立至今，且績效卓著。新加坡政府投資公司（Government of Singapore Investment Corporation,ＧＩＣ）於一九八一年成立，是一個受託管理政府資金的有限公司，產權雖爲國有，但運作純以私人公司模式，主席是前總理李光耀。主要投資組合包括債券、股票、外匯、不動產等，各種國際投資工具都不放過，目前在世界幾十個國家都有所投資，外匯的交易更有超過三十種貨幣，對台灣市場亦頗多活動。新加坡約七五〇億美元的外匯存底，全權交給ＧＩＣ操作，ＧＩＣ且在上次亞洲金融風暴中頗有斬獲。

一九五〇年代發現石油而一夕致富的科威特，早期將大量油元交給設在英國倫敦的投資辦公室（ＫＩＯ）操作，一九八二年成立政府投資專責機構（Kuwait Investment

Agency，ＫＩＡ），投資觸角更伸向亞洲、美洲等地。ＫＩＡ在國際證券、金融市場上表現突出，一九八〇年代末期其投資收入甚至可達到石油出口盈餘的九成，成爲科威特政府另一項重要財源。一九九〇年伊拉克入侵後，科威特經濟元氣大傷，石油收入也銳減，戰後的重建工作及支付美國「沙漠風暴」軍事行動的代價，便由ＫＩＡ扮演重要角色，尤其ＫＩＡ所管理的「未來世代基金」(Future Generation Funds)，以投資國際知名公司股票及主要國家貨幣爲主，是科國重建的最大財源。而一九九〇年代ＫＩＡ的重要工作便轉向刺激國內經濟，推出許多國營事業民營化措施。

私人團體的理財活動也在蓬勃發展。學術龍頭如諾貝爾獎基金會、哈佛大學基金會，如非在理財上大有收獲，整個機構在經營上早出問題了。公營慈善團體在此介紹費瑟國王基金、查理王子信託基金及加拿大安大略省的退休基金。

近代國際資金市場之發展

五十年前，全球資金市場的基礎只是各國中央銀行窖藏的黃金，五十年後，它膨脹爲游竄全球、價值八十兆美元的流動性金融資產。全球資金的金主明明不具形體、面貌模糊，但在經濟學的領域中卻總是將其當做最理性、算盤最精的投資者。電子交易系統發展、資金流動限制取消及金融市場商品化，都是促使全球資金市場成形的重要因素，其間經過美元、歐元、油元及日元的各領風騷。

一九九〇年代全球資金市場的流動性及規模，更是呈倍數成長。更多的金融商品出現，共同基金（Mutual Fund）、避險基金（Hedge Fund）也開始形成，政府債券更是呈倍數成長。

這次助長資金市場成長的主力，不再是油元，也不是日圓，而是日積月累的民間儲蓄，這些資產在更多元的投資工具、更靈活的財務操作、更專業的投資判斷及更高的槓桿操作下，家庭金融資產至二〇〇〇年也達二十六兆美元左右，約爲全球流動金融資產的三分之一。

在操作工具漸多而限制漸少的情況下，金融資產的流動勢必更加快速，操作技術也更爲精密且高科技化。這些資金不僅在資產間移動，也在國度間移動。尤其一九九〇年，亞洲新興國家經濟開始茁壯，資金開始群聚亞洲。雖然這些地區流動性金融資產的規模大約只有全球的七至八%左右，但論及擴張的速度及流出流入的變動，卻是世界上動能最強的地區。

台灣金融實力及其提升

目前台灣的銀行界總存款十九兆（新台幣，約美元六千餘億元），總放款十六兆。中央銀行外匯存底約一一〇〇億美元，民間國外資產淨額約八百億美元。這與目前全球金融商品約六千種，每天交易額一兆美元、私人理財部門規模十二兆美元來說，固然是比率極低，但如不急起直追，則此消彼長，技術及資本差距愈來愈大，現有力量只會更爲萎縮。因此國內金融政策及執行應大幅調整。

台灣公共基金的管理尚未眞正上軌道，小如各種財團法人，大如「四大基金」（退撫、勞退、勞保、郵儲）及國家金融安定（國安）基金，數額五兆，但管理欠嚴，績效不彰，又未能國際化，是整體金融環境中的較弱環節，甚至如千億美元外匯存底的管理亦尚可強化。國內各財團法人依法設立，但各主管機關對於基金限制嚴格，多數只允存儲於公營銀行，極少數特准投資國內股市，理財能力因而無從培養。國內退休信託基金如退輔、勞退及勞保，三者數額已逾兆元，累積迅速，但其投資組合七成爲銀行定期存款，國際投資受限於法令而掛零。今年這三大基金受命投入股市護盤，所受損失已達千億元之譜，報酬率恐將更爲折損，這是集中於國內一籃雞蛋而未能在國際市場上分散風險之故。國安基金爲惟一獨立立法的基金，原意爲在國家金融安定受到國際威脅時安定經濟之用，如今用爲經常護盤，手上持股如在國內釋出，勢必影響股市，在國際操作，又得藉助外人，支付成本，實有必要翻修其法制，並藉國際化提升其效能。

國家理財機制之設立

筆者倡議建立國家級理財機制，以台灣發展基金爲名，結合錢財、人才，使之成爲國內立法、國際註冊的獨立法人機構。以公共退休信託基金、國安基金，加上部分外匯存底，即可有二兆元的基金，資產規模已可位居瑞士金融集團第八名，雖與其旗艦機構瑞士聯合銀行USB之一兆美元資產、五萬員工、年盈餘六十億美元、僅私人理財部門即管理三百萬人之九千億美元存款比較，仍屬小巫，但已是極佳起步。如能善用人才妥爲管理操作，以國際行情而言，十五％報酬率已是保守穩健的操作，至於平均三〇至六〇％高獲利（Large-Cap Growth）的操作組合亦所在多有（Gronpama 十年平均三十一％，五年平均四十四％）。以最保守的一〇％報酬率而言，扣除各基金目前之報酬率（作爲成本）後，所餘以複利計算，八年即可另得一兆元，分配於退休人員，使退休人員領不到退休金的疑慮降低；分配於國安基金，就可於國民信心動搖、金融失序之緊急狀況而外援如國際貨幣基金（IMF）、世界銀行及外國政府等的協助又未能即時到來時，擁有足夠且在安全地點的財力；再分配為外匯孳息，則可直接挹注國庫。其他如基金投資風險分散、擴張台灣金融影響力、培養人才、改善財政、充實國力等，均為受益之處。再不做，絕對時不我予。

（原刊於《工商時報》）

（附錄二）

破解「預算新聞」

張啓楷

編按：立法院預算會期再度開議，但總共二百多冊、內容龐大複雜的中央政府總預算書，卻是大多數記者望之興嘆的「有字天書」，如何「破解」數字背後的意義，進而達到爲人民看緊荷包的重任，也因而成爲記者的艱難挑戰，本刊特請曾長期窮追猛打預算新聞、並因此得到吳舜文新聞獎的中國時報撰述委員張啓楷撰寫「攻略祕笈」，期望能與同業分享經驗及心得，共同在記者的崗位上發揮最大監督功能。

追預算新聞是件很累而且孤獨的事，因爲總預算從編列方式，一直到審查過程，事實上都還未解嚴，行政院送到立法院的是一堆雜亂無章的資料(data)，不像先進國家，是經過系統整理的資訊（information）；負責把關的立法院卻又自我閹割，至今未設立預算局，導致立委和記者每年只能在一堆錢築成的迷宮中亂槍打鳥。

所以，如果要問媒體有沒有能力監督預算？答案是頗令人悲觀的。

長久以來，媒體對總預算所付出的心力，實際上相當有限，未來，如果媒體無法強力衝擊此仍停留在戒嚴時代、恰如瞎子摸象的預算體制，我國預算新聞的報導也很難脫胎換骨。

不過，不只媒體對自己應善盡的報導天職不應絕望，事實上，總預算也不像一般人想像的那麼艱澀難懂，而且有一個很簡單的入門；不要只看表面的金額，改為用心去了解其背後代表的意義，因爲每一筆預算編列過程，都可能正是一個驚心動魄的故事。

窮追猛打找故事

在預算裡找故事的過程其實是頗爲有趣的。

像筆者有一年聽一位開出版社的朋友說，有次他到崇聖大樓租辦公室，對方開價一坪一千九百元，他回去考慮半個月後，決定只要回過頭再殺個一、二百元就可以成交，不料一問卻發現該樓層早已租出去，每坪租金二千五，承租的單位叫陸委會，而該棟大樓的老闆是誰？答案是國民黨。

有這樣的訊息，只要翻一翻陸委會的預算書，確認承租價格確實是一坪二千五，而且比附近一般大樓的租金貴，那就是一則很好的預算新聞。如果進一步清查有哪些部會有類似狀況，更可以成爲一個很有看頭的專題。

筆者對這案子一共窮追猛打三年，後來中央聯合辦公大樓成立，被媒體點名「天價租殼」的單位都優先遷入，國庫每年節省五億元以上。如果，故事的架構拉大到探討國有房舍和土地有多少荒廢，更可以幫國庫開闢不少新的財源。

類似的故事，在每年的預算書裡還多得數不清，每一個都是預算新聞的好題材，諸如：

各部會一年到底花多少錢出國？到那些地方、做了些什麼？

各部會首長每年到底幫自己編列多少薪資？項目爲何雜亂無章、爲什麼各部會首長間的薪資差那麼多？

總統爲什麼要買專機？要建官邸？到底有沒有需要？

爲什麼政府明年要借那麼多錢？想一想如果由你來作決定，這幾年會發行那麼多公債？又，現在欠了一屁股債，政府的處理有沒有後遺症？

「預算新聞」攻略祕笈

筆者過去跑立法院新聞，在剛開始的兩、三年間，對整個媒體，和自己在預算審查過程中所扮演的角色相當絕望，因爲不只寫作過程相當辛苦，更難獲得編輯的青睞。不過，當發現此新的預算寫作方式，難懂的數字變成一則則故事後，見報率激增、讀者的反應也相當熱烈。

對於要建構起一個預算專題，需要翻閱不少單位的預算書，甚至有部分輔助性的資料必須是立委正式行文各部會才可能取得。

筆者曾用過一個至今仍可以援用的作法：每一到兩週先設定一個議題，例如有哪些單位在外租用辦公室？各單位一年有多少人出國？在週一徵詢兩位立委協助，請他們各撥出兩位助理，用三到四個工作天，從每一單位的預算書（共兩百四十二本）中「捉」出相關的資料與問題。如果該兩個工作組所獲得的結論，事後經核對無誤，則從每週五開始寫作與製表，在週六或日交給報社一個專題。

由於從該預算議題到底值不值得重視？乃至最後診斷該預算到底有何浪費或不合時

宜，立委和助理都曾參與，專題製作過程中不只記者本身可以經由腦力激盪，更爲嚴密思考該預算各相關問題，並可喚起更多立委、助理投入預算的審查。而透過媒體報導和立委質詢，更可迫使行政部門必須加速改革。

道高一尺，魔高一丈

不過，這樣「窮則變，變則通」的報導模式，畢竟有其極限，因爲你要對抗的是整個不合理的審查制度，不只有太多的問題，可能是窮一個記者畢生的努力與知識，都無法發掘；當媒體和立委好不容易突破其中一點，行政部門也可能「越蓋越多」。像媒體和行政部門在出國考察預算的攻防過程，堪稱最佳例證。

全國十多萬公務員中，平均每天有二十五．七人在國外「辦公」，地點遍及夏威夷、關島等度假勝地，總計一年動支民眾納稅錢近二十億元，又遲遲未見應有的考察績效。這樣「掛羊頭賣狗肉」的出國預算，經媒體披露後，沒有人敢說不能刪，立委們也據此要求行政部門立即制定考核出國報告的辦法。

但不只媒體和立委實在沒有足夠的專業，可以判斷該刪減各部會多少出國預算，隔年，翻開許多部會的預算書，以往琳琅滿目的出差地點竟然全部不見了，到底是以開會、考察等何種理由出國，竟然也全部省略。

媒體和立委可以從統計金額上發現，該年度的出國預算又變本加厲地增加，可是沒有了地點和出國理由，又能拿行政部門如何？而且也沒有任何一條法令規定，預算書上必須載明出國地點與理由。

類似的狀況還發生在每年總計高達四百多億元的委辦費和捐助費上，媒體追得越緊，預算書上委辦與捐助費流向的說明就越來越簡略。當立委要求提供詳細資料，拿到後不只總預算審查時間已近尾聲，一堆堆瑣碎難以消化的資料，也難以解答太多困惑。

立法院必須強化武功

其他，還有太多結構性的問題，讓記者根本無法窺得預算的眞相，例如：諸多動輒上億元的預算項目，在預算書上只是輕鬆交代一、二十字，太多預算的用途和名稱重疊性很高，但毫無說明。甚至，連眾所矚目的教科文和社會福利預算中，到底有多少預算是魚目混珠和灌水，爭執至今仍無定論。

所以，要達到媒體有效監督預算，最重要的仍須回歸到制度面的改革。

舉其大者，在先進國家，國會要審查預算有兩大利器：預算局和決算局。當行政部門的預算書送到國會，由專業幕僚組成的預算局立即幫國會議員診斷並提出建議，堪稱是預算審查制度中，幫國會議員判斷，甚至主導思考的「大腦」；決算局則負責監督與檢討預算執行成效，堪稱國會議員的「眼睛」。此兩單位間更可相輔相成，因爲從決算中可以了解各項施政的成效，也就是「眼睛」看到的，正是預算審查中應否支持或刪減該預算的主要根據。

只要立法院能早日擁有審查預算該有的「眼睛」與「大腦」，行政部門在現有預算審查制度中獨大，且爲所欲爲的地位將被打破，上述諸多限制媒體監督預算的結構性問題也可迎刃而解。屆時，我國媒體將可像先進國家一樣，取得更多，而且系統化、透明化的預算資料。

國家機密VS新聞自由

另外，對於國防和外交部機密預算報導尺度，是另一亟需迫切解決的問題，基於報界競爭激烈，加上諸多名爲機密的預算實際上並無保密的必要下，要所有媒體捨棄對機密預算的報導實是緣木求魚。

但過去已經發生過記者被起訴的個案，如果不能早日訂出一合理的規範，新聞自由和國家安全兩者間的爭議隨時可能再起，而報導預算新聞的記者，除非鐵下心要漏新聞，不然，將繼續活在隨時可能被起訴的邊緣。

（原刊於台灣記者協會發行的《目擊者》雜誌第四期）

champion

1.	求職總冠軍	潘恆旭著	200元
2.	肥豬變帥哥	阿　尼著	180元
3.	春去春又回——楊佩佩的戲劇人生	林美璱著	180元
4.	打電動玩英文	朱學恆著	199元

POINT

1.	海洋遊俠——台灣尾的鯨豚	廖鴻基著	240元
2.	追巴黎的女人	蔡淑玲著	200元
3.	52個星期天	黃明堅著	220元
4.	娶太太，還是韓國人為好！？	篠原　令著	200元

People

1.	總裁業務員	黃志明著	260元

Canon

1.	李登輝執政告白實錄	鄒景雯著	399元
2.	浮出	涂鄭春菊著	260元
3.	搶救國庫——你應該知道政府怎麼用錢	張啓楷著	300元

劃撥帳號：19000691　成陽出版股份有限公司　掛號另加20元
本書目所列定價如與版權頁有異，以各書版權頁定價為準

INK publishing Canon 3

搶救國庫

你應該知道政府怎麼用錢

作　者	張啟楷
發行人	張書銘
社　長	初安民
責任編輯	陳思妤
美術編輯	許秋山
校　對	辜輝龍　陳思妤　張啟楷
出　版	INK印刻出版有限公司 台北縣中和市中正路800號13樓之3 電話：02-22281626 傳真：02-22281598 e-mail：ink.book@msa.hinet.net
法律顧問	漢全國際法律事務所 林春金律師
總經銷	成陽出版股份有限公司 訂購電話：02-26688242 訂購傳真：02-26688743
郵政劃撥	19000691　成陽出版股份有限公司
印　刷	海王印刷事業股份有限公司
出版日期	2002年12月　初版
定　價	300元

ISBN 986-7810-24-4

國家圖書館出版品預行編目資料

搶救國庫：你應該知道政府怎麼用錢／張啓楷著.－－初版，－－臺北縣中和市：INK印刻，2002〔民91〕面；　公分－－

ISBN 986-7810-24-4(平裝)

1.預算—台灣

564.4232　　91022230